群青のタンデム

長岡弘樹

角川春樹事務所

目次

第一話　声色　7
第二話　符丁　54
第三話　伏線　88
第四話　同房　118
第五話　投薬　149
第六話　予兆　181
第七話　残心（前篇）　216
第八話　残心（後篇）　241
エピローグ　267

群青のタンデム

第一話　声色

1

ボールペンを置き、視線を業務日誌から受令機へと移した。

モニターに表示された電池のマークは三つのブロックに分かれたそれはいま、左と中間の部分こそ黒く染まっているものの、右端の一つだけは点滅した状態にあった。

取扱説明書によれば、充電には一時間しか要さないはずなのだが、二時間経ってもまだ完了していない。

内部のリチウムイオン電池は、もしかしたら故障しているのではないか。訝りながら戸柏耕史は受令機に手を伸ばした。その手を途中で止めたのは、入り口に人の気配を感じたせいだった。

顔を上げると、そこには年老いた男の姿があった。

いつもの格好だ。頭に被った茶色のパナマ帽は、それほど似合ってはいない。濃紺の背広はまだいいとして、襟元に見える真っ赤なネクタイは、やはりどう見ても年齢に相応しいものとは言えなかった。

「この交番には、ずいぶんと仕事熱心な巡査がいるな」老人は顎を突き出すことで、こちらを見下ろしてきた。「巡回の時間だというのに、まだのんびりと椅子に尻を乗せている。きみは、そんなにデスクワークが好きなのか？」

「どういった御用でしょうか」

見覚えのある、いや、ありすぎる顔を前にして、耕史は制帽をいったん脱いだ。

「もう午後三時を回った。いつもならこの交番が無人になる時間だ。なぜさっさと警らに出ないんだ」

「行きますよ。受令機の充電さえ終われば」

「受令機？　何だ、それは」

耕史は端末を老人の方にかざしてみせた。「これです」

「ぼくは『どれだ』と言ったんじゃない。『何だ』と訊いたんだ。分かるように説明しないか」

「通信指令本部があちこちに出している指示やら命令やらを傍受する機械です」

棒読み、かつ早口の説明だったが、老人はだいたい理解したようだった。軽く頷き、

「送信はできるのか」

「できません。無線機とは違いますから。それと同じですよ」

耕史は老人の着ている背広の裾ポケットに向かって、小さく顎をしゃくった。そこは、外から見てはっきり分かるほど膨らんでいた。小型のラジオが入っているためだ。ストラップがポケットからはみ出ているが、その点は指摘してやらなくてもいいだろう。

「道理でな。最近の警察官がやたらと耳にイヤホンを差しているのは、そいつのせいだったか」

ポケットの膨らみ具合が普段とは違っている。今日はラジオと一緒に携帯電話もそこに入っているらしい。その点を確認してから、耕史は老人に視線を戻した。

「もう一度お訊きします。御用はなんでしょう」

「六日町の商店街に、和菓子店と薬局が並んで建っているな。いくらデスクワークが好きといっても、そのぐらいは知っているだろう」

「もちろんです。わたしの警ら区域ですから」

「その建物と建物の間に細い隙間がある」

「ありますね」

「そこを通ったとき見かけた」

「何をですか」

「人に訊くか？　どこまで仕事熱心なんだ、きみは」

本気で苛ついたらしく、老人は一歩交番の中に足を踏み入れてきた。

「分かりました。分かりましたよ」

立ち上がって制帽を被り、防刃ベストのベルトを締め直しながら、思わず漏れそうになる溜め息を必死にこらえた。

2

薬局が見えてきたあたりで、老人が見たものが何であったのかを知った。
十三、四歳というところか。隣接する和菓子店との隙間に身を隠し、顔だけを半分歩道に覗かせた少女は、しかし中学生にしてはやや幼いように見える。
自転車から降り、少女の前に立ったところ、相手は、ちらりとこちらを見ただけで、また視線を元通り歩道の方へと戻してしまった。警察官の制服を前にしても動揺すら見せない子供が増えてきた。そう常々思っていたが、少女もまた同類らしい。

「こんなところに隠れて、何をしている」

予想したとおり、彼女の口から答えは返ってこなかった。

幅五十センチほどの隙間に、耕史も足を踏み入れた。少女が、べっ、と足元に唾を吐いてよこしたが、それでもひるまず、建物の壁と彼女の間に無理やり体をこじ入れていく。

　さも迷惑そうな仕草で、右肩にかけていたスポーツバッグを左に移し替える少女。その背後に回りこみ、彼女の視線が向いている方角を頭上から見やる。だが彼女が何に注意を向けているのか、すぐには見当がつかなかった。

　場所は繁華街の大通り。平日でも人通りは多い。狭い隙間で子供と警察官が何をしているのかと、彼らは不審な視線を投げかけてくる。とはいえ、立ち止まるほどの好奇心を持った者は一人もいない。

「なあ、薫(かおる)」

　スポーツバッグに書かれていた名前を口にすると、少女の目が短い髪の下からこちらを見上げた。

「触りたくないか、これ」耕史は、左腰に装着した三段式の特殊警棒を軽く叩(たた)いた。薫の目がそこへ向いたところで、

「手触りが違うぞ、本物は」

　すかさず切り込んでやる。

　警棒の方へ指を伸ばしながら、薫はようやく口を開いた。

「質問は何だっけ？」

「こんなところに身を潜めて、いったい何をしている」

　日はもう西に傾き始めている。寒さを覚えたのか、薫はTシャツの袖(そで)を左腕の肘(ひじ)のあた

りまで引っ張りながら、

「さっきも別な人に同じことを訊かれた」

「知ってるよ。赤いネクタイの爺さんにだろ」

「うん。なんか、顔が似てる。さっきのお爺さんと、お巡りさんの」

「要らないことは喋るな。お巡りさんが訊いたのはだな――」

「プラザ遊邦だよ」

　薫が口にしたのはパチンコ屋の名前だった。道路を一本挟み、入り口に並ぶ「新台入替」の幟旗がここからよく見える。

「あの店を見張ってる」

「入りたいのか、あそこに？　無理だぜ。店の事務所に知り合いがいるけど、さすがに子供は入れられない」

　警察ＯＢの再就職先としては警備に次いで多い業界に首尾よく居所を得た叔父は、ちゃんと仕事をしているのだろうか。

「誰が言ったんだよ。パチンコしたいだなんて」

「じゃあどうして見てる」

「あそこに、シマがときどき来るから」

「シマ？　何者だ、そいつは」

「本当の名前は知らない。前に見かけたとき、三本縞（さんぼんじま）の服を着ていたから、そう呼んでる」

「そのシマが来るのを待っているんだな」

「うん」

「どんな用件で」

右耳に差し込んだ受令機のイヤホンがひったくり事件の発生を告げた。管轄外での出来事だが、一応記憶に留（とど）めておく。

「取り返したいから」

「何を」

警棒に飽きたのか、薫はいまの質問を無視し、再びこちらに背中を向けた。

耕史は警棒を革帯から外した。握りの部分を操作すると軽い振動があり、同時にピーッと甲高い音が辺りに鳴り響いた。

「この部分はな」振り向いた薫に向かって、握りを軽く叩いてみせた。「金属探知機になってるんだ。どうだ。もう一度いじりたくなったんじゃないのか」

薫の目が大きく開いている。いまの問いかけに対する、それが返事のようだった。「だったら質問に答えるんだ。何を取り戻したい？　もう一度触りたかったら教えろ」

「チャリンコ」

「薫の自転車か」

「うん」

耕史は顔の周りを手で払った。耳元で鳴る蚊の羽音に比べたら、受令機が放つ雑音などずいぶんましな方だと思い知る。

「盗んだ犯人から取り返すためにここで張り込みをしてるんだな」

頷きながら、薫も蚊を払った。

見ると、少女の首筋が一箇所赤く腫れ上がっている。Tシャツの襟をめくれば、蚊に刺された跡がもう幾つか見つかりそうだ。

「そのシマってやつが盗んだわけだな」

「そう」

警報音が鳴った。薫が警棒を近づけたのは、自分のスポーツバッグだった。

一人の男が頭に浮かんだ。シマ。もしかしたら、あいつのことかもしれない……。

「いつだ。盗まれたのは」

「十日ぐらい前」

薫が身動きすると、かすかにTシャツから漂ってくる汗の臭いがした。しかし、ほとんど黴や苔が放つそれにかき消され、こちらの鼻腔にまで届かない。

「どんな自転車だ。特徴を言ってみな」

「五段変速のマウンテンバイク。色は白」

「子供向けのタイプか。それとも、大人でも乗れるやつか」

「お巡りさんぐらいの人でも乗ってる。――あと、フレームに片仮名で『カオル』って名前が書いてある。もし消されていなければ、だけど」

また人の顔が浮かんだ。先ほどの人物とは違って、今度は女だ。駅前交番の陶山史香。彼女は今月、何件の自転車窃盗犯を挙げただろうか……。

「お巡りさんには届けたよな。盗まれたってことを」

「届けた」

「どこの交番だ」

被害届の受理簿を頭のなかでめくってみる。だが、五段ギアで白いマウンテンバイクを受け付けた記憶はなかった。

「駅前の交番」

「お父さんやお母さんには、盗まれたことをちゃんと伝えたのか」

薫は首を横に振った。

「家に自転車がなけりゃ知られるだろう」

「大丈夫。だってマンションだもん」

「どうして誰にも相談しないんだ」

質問に答える代わりに薫がしたのは、またTシャツの左袖を引っ張ることだった。耕史はその手を取り押さえ、少女が隠そうとする部分に目を凝らした。

上腕部の外側が、紫色に変色している。

単なる色素の沈着ではない。明らかに内出血の跡だ。やけに痛々しく目に映るのは、湿った薄暗い隙間という場所のせいか。

「どこでやらかした?」

「ホッケーのスティックがぶつかった」

金属か繊維強化プラスチックか。いずれにしろ固い材質には違いないだろうから、強く当たれば酷く怪我をすることになるはずだ。

「だけど火傷まではしないだろう」

内出血の跡から少し離れた位置に、皮膚の爛れがあった。小さな円形――十中八九、煙草の火によるものだ。

「やったのは親父さんか」

薫は表情を強張らせた。やがて、ほとんど目だけで頷き、だが、その直後に「違う」と言った。

「どっちなんだ」

「父さんだよ。けど、本当の父さんじゃない」

薫の表情から、何となく読めた。おそらく、自転車を盗まれたことを、継父にはもう知られてしまったのだ。知られて、折檻を受けたのではないか。

「親父さんは何をやっている」

「カメラ屋さん」

K街商店街の一角に掲げられた『フォトショップSHINJO』の看板を頭に思い描きつつ、耕史は薫の手を放した。

「お袋さんは？」

「てんじょういん」

「てんじょう……？　旅行代理店のか？」

「そう」

ならば出張に次ぐ出張だろう。母親の目が届かない家庭。継父。珍しくはない話だ。

「残念ながら、いまのやり方じゃあ、犯人を捕まえられる見込みはないぞ」

「どうして」

「張り込みってのはな、もっと頭を使わなきゃ成功しないんだ」

答えが顔の周囲にでも漂っているかのように、薫は瞳を左右に揺らした。

「いいか」耕史は通りを指差した。「さっきから通行人がこっちをじろじろ見てるだろ。なんでか？　要するに目立っちまっているわけだ。この通行人の視線にシマが勘づいたらどうなる」

「……こっちも気づかれる」

「だろ。張り込みをするとき、本当の敵は犯人じゃない。通行人の目なんだよ。そこんところを勘違いしちゃいけない。だからこんな場所にじっと立っているのは、利口なやり方じゃないんだ」

「じゃあ、どうすればいいの」

「自分で考えてみろ」

「……同じ所にじっとしていないで、自分も通行人のふりをすればいい」

「上出来だ」

耕史は薫の頭を軽く撫(な)でた。薫は嫌そうに背中をそらせて逃げたが、目元には笑みが見え隠れしていた。

「明日も張り込みするつもりか？　何時から何時までやるんだ」

「捕まえるまで毎日。五時から六時まで」

「根性あるな。だけど毎日だったら、服装も問題だぞ。張り込みをするなら、着ているものを日によって変えなきゃいけない。——そのバッグには何が入ってるんだ」

薫がスポーツバッグを開けてみせた。ニーパッドとレガーズが見えた。金属探知機に反応したのは、これらの金具の部分らしい。

「野球をやってんだな。打順は何番だ」

目にしたものをキャッチャー用のプロテクターだと判断しての質問だった。

「違うって。さっきも言ったでしょ。ホッケーだよ。ローラーホッケー」

「スポ少のチームにでも入ってんのか」

「うん。いまは練習の帰り。今日は紅白試合だった。三点入れた」

「こんなにいい防具を持ってるなら、身に着けといたらどうだ。犯人に飛び掛かるつもりなんだろ」

「そうする」

先ほど追っ払ったやつだろうか、頷いた薫の頬に蚊が止まった。耕史は指先でそっと払いのけてやった。

「ヘルメットはないのか」

「ない。だってフィールドプレイヤーだもん。ヘルメットを着けるのはゴールキーパーだけだよ」

「じゃあキーパーから借りとけ。頭を守らない限り、犯人に飛び掛かるなんて無茶を絶対にするんじゃない。それからな――」

耕史は肩につけたチェーンから、白いプラスチック製の警笛を外し、薫の手に押し付けた。

「シマを見つけたら、これを思いっきり吹け。逃げても周りの大人が捕まえてくれる。泥棒の逮捕は高得点だぞ。一気に十点いただきだ」

「本当にいいの？　借りても」

「いまのはこっちの話だ。おまえは知らなくていい」

「でも」手にした警笛とこちらの顔を交互に見ながら「本当にいいの？　借りても」

「かまわない。スペアがあと二つもあるからな。だけ……ど……」

突然目眩に襲われ、膝が勝手に折れた。急激に高まった動悸のせいで声が掠れる。

「ちゃんと……返せよ……」

建物の外壁に手をつき、耕史はきつく目を閉じた。

3

交番に戻り、『パトロール中です。所内の電話をお使いください』の看板を外してから、奥の洗面台で顔を洗った。夏の間に帽子を被っていたので、額の上の方だけが、やけに白くなっている。

タオルを顔に当てたまま机につき、荒い息をついた。

まだ辛い。病原菌の布団で全身をくるまれたような悪寒を覚えている。高校三年生の夏に生牡蠣で食中りを起こしたときが、ちょうどこんな感じだった。

拝命以来、ときどきこの症状が出る。日々の強い緊張に体も精神も参っているようだ。

警察官は向いていないかもしれない。

少し落ち着いてきたところを見計らい、受話器を取り上げた。「駅前」と書かれた短縮ダイヤルのボタンを押す。

《藤倉駅前交番です》

応答した声は明らかに和歌子のものだったが、念のため耕史は言った。

「むこ」

《いり》

相手が小声でそう応じ、合言葉が成立した。やはり受話器の向こう側にいるのは姉だ。

「いま電話、大丈夫ですか」

勤務中とはいえ、肉親と敬語で話すことには、いつまでも違和感が付きまとう。

《手短にね》

喧嘩の仲裁にでも追われているのだろう。和歌子がそう答える背後から、大声で喚く男女の声が聞こえてくる。

「史香の点数を確認したいんですけど。今月は何点でしたか？」

今日は月末、九月三十日だ。部下を点数で競わせることだけが生き甲斐としか思えない県警本部長。彼が設けた「巡査月間賞」の成績を集計する締めの日なのだ。受賞者は、今日の午後五時までにあげた業績を集計した結果で決まる。

《二十八点》

「間違いないですか」

《いまのところはね》

用はそれだけ？　じゃあ忙しいから切るね。そういわんばかりの口調だった。こちらも早口で続ける。「もう一点だけ。さっき、こっちの交番に祖父ちゃんが来ました。もう五回目です」

《へえ。どうだった、様子は》

「まあ、普通でした」

パナマ帽に赤いネクタイ——祖父、源太郎の格好はいつものとおりだった。実の孫を前にしても、どこぞの新米巡査としか認識していない点も普段と変わりがなかった。

「ですが、念のため、祖父ちゃんの携帯に電話しておいてもらえませんか。また、何でもいいから、言葉をかけといてください」

源太郎が認知症の兆候を見せ始めたのは二年前だった。約四十年間の教師生活を終えてから二十年後のことだ。

子供たちを守ろうと、八十歳を越えたいまも、街の中を一人で見回り、見つけた異変を各地の交番へ知らせて回る分には問題がない。頭が痛いのは、外出中に前触れもなく見当識障害を起こしてしまい、家まで帰り着くルートが分からなくなってしまう場合があることだ。

　もっとも、和歌子の声を聞くと道順をすぐに思い出すから、携帯電話さえ持っていれば大事に至る心配はないのだが。

《分かった。電話しとく。じゃあ》

　受話器を置いたとき、交番主任の秋葉が巡回から戻ってきた。彼の背後に、巡査一年目の美島が続く。

　秋葉は、こちらの顔に目を向けると、おっ、と唇を突き出した。

「苦しいか」

「……はい」

「我慢しろ。別に病気じゃない。緊張しすぎただけだ」

　耕史は深呼吸をしながら浅く頷いた。

「ルーキーはみんなそうだ。おれも同じだったよ。卒配からしばらく経ってもまだ、制服に袖を通すたび、ストマックがひっくり返りそうになっていたもんさ」

　美島にタオルを交換するように命じ、秋葉は隣の机に腰掛けた。

「で、戸柏PM、どんな具合なんだ、女史との手柄争いは？　今月は勝てそうか」

　ええ、まあ。口を濁すと、秋葉は横幅の広い体をさらに寄せてきた。

「女史は何ポイントぐらいだ」

「姉が言うには、二十八点でした」

「そう言うおまえは何ポなんだ。——まて、言うな。おれが当ててやる」

秋葉はメモ帳を取り出した。

「戸柏耕史ＰＭの成績は、と……」

ＰＭ——ポリスマンの略だが、この略称を使う者は、署内にあまりいない。秋葉の中途半端な英語好きは、いまに始まったことではなかった。

「職質での犯人検挙が一件、交通違反取締りが八件、車上荒らしが二件、空き巣は残念ながらゼロ、不法滞在の外国人逮捕が二件、自殺慰留一件、ＰＣ乗務一回と……。この実績なら合計二十九点と見たね。間違いないか」

「はい」

「本当に女史が二十八点なら、一点差で勝ちだな」

美島の持ってきた新しい濡れタオルで顔を拭いてから、耕史は書類を鞄に入れた。

「では、今日はこれで上がらせてもらいます」

「お疲れ。美島、おまえも上がりだな」秋葉は壁にかけられたホワイトボードを見やった。

「ついでに明日から三日間、新人研修か……」

美島は制帽を小脇に抱えて敬礼することで、行って参ります、の挨拶に代えた。

「終わったら、ちゃんと出て来いよ」

後輩が研修を受けたあと、出勤を拒否し始め、やがては依願退職をしてしまう。そんなケースを過去に二度ばかり経験している秋葉ならではの台詞だった。

一方、言われた方は事情を知らないせいか、ただ戸惑った表情を浮かべている。その美島の袖を引っ張るようにして、耕史は交番を出て署へ向かった。

所轄署である沢津橋中央署は、ここから近い。行き来する場合は、いつも徒歩だ。

署の地域課に顔を出し、勤務終了の報告をしてから、耕史は美島と一緒に駐輪場へ向かった。署から独身寮までは、個人の自転車による移動となる。

美島が身を屈めチェーンロックを外したところを見計らい、耕史は声をかけた。

「そのチャリ、ちょっと貸してもらってもいいかな」

「どうぞ」

美島と自転車を交換し、帰路に就いた。

「最近はどうなの、こっちの調子は？」

並んでペダルを漕ぎながら、耕史は指でレバーを弾く動作をしてみせた。

「先輩、いつの生まれなんすか。もう何年も前から全部こうですから」ハンドルを持つ仕草をしながら美島は続けた。「前は赤字だったんすけど、最近はけっこう勝ててますね。トータルだったら黒字になっていると思います」

「やるな。もし警察をクビになっても、それで食っていけるんじゃないか」

「名刺に書けないっすよ。パチプロなんて。玉を弾いてる暇があったら、今度からデートしますよ」

「そう言えば、彼女からのプレゼントだって自慢してたな、この前着ていたセーター。どこがいいんだ?」

「どっちを訊いてんです? セーターですか。彼女ですか」

「後の方だ」

「洒落(しゃれ)の分かる娘(コ)なんですよ。そこが気に入ってます」

三分もしないうちに寮の門に到着した。住んでいる建物は別々の棟(むね)だから、美島とはここで別れることになる。耕史は美島の白い自転車から降りた。

4

――いち、に、いち、に、ひだり、みぎ、ひだり、みぎ、そーれ、そーれ、いち、に……。

早朝、寮の周囲を走っていると、警察学校時代に散々口にさせられた間抜けな掛け声がリフレインされてしょうがない。それは別にかまわないが、

――声だせ、のろま、休むな、辞めろ、ぼけ。

教官の罵声(ばせい)までよみがえってしまうのは困りものだ。

少し疲れてきて、耕史はスピードを落とした。

十月一日の今日は、午前中に県警本部へ出向くことになっていた。県警各署に配属されてから三年目の巡査、五十名が整列し、地域部長の到着を待つ訓授場(くんじゅじょう)。その壁に成績上位者の実績グラフが張り出される。氏名の部分だけはシールが貼(は)られ隠されているのは、誰が発案した趣向か。

耕史にとってライバルといえるのは、同じ沢津橋中央署に配属された史香だけだった。他はどこも田舎の小規模署で事件は少ない。そこに勤める連中は、最初から競争相手にならないのだ。

県警の部長が眠気を誘う長い訓示をしたあと、メモにちらりと目を落としてから、月間の最優秀者の名前として戸柏耕史の名前を言う――その場面をイメージしていると、

「『最前線』って番組あるでしょ」

すぐ後ろから声がした。続いて、ぱちんと音もした。コンパクトを閉じる音だ。走りながら化粧する。史香の特技にはいまさら驚かない。

「あれに出演したら、何点になる?」

「ラジオだろ。点数にはならない。反対に減点されるんじゃないのか」

耕史は再び足を速めた。前を走っていた後輩を二人抜き去る。

「『そんなものに出ている暇があったら巡回連絡を一軒でも増やせ』とか言われて? ま

さか。広報だって立派な仕事のうちだよ。二点ぐらいにはなるって」

「甘い」

「今度、和歌子先輩が出るよね。訊いといてよ、点数」

「おまえが直接訊けばいいだろ。同じ交番なんだから」

地元ラジオ局が放送する「最前線」は、県警の巡査もしくは巡査長をゲストに迎えるインタビュー番組だ。月に一度放送されていて、特に警察ＯＢから人気を得ている。

和歌子が出演すると知り、聞き逃すまいとオンエアの一か月も前からラジオを持ち歩くようになった源太郎の姿を脳裏によぎらせながら、耕史は訊いた。

「点数がもらえりゃ、出るつもりか」

「もちろん」

「喋ることなんてあるのかよ」

「あるよ。警察組織におけるじょだん格差について」

じょだん……。それが「女男」だと見当がつくまで、何秒か考えなければならなかった。

女性警察官の割合は、全国平均が五パーセントほどらしい。だが、この県警の場合は、四パーセントに満たない。全国で最低のレベルだ。

先月、県議会で、この点にかみついた議員がいた。県警はいつまでも男社会でいいのか、と息巻いたその議員に賛同する者は多く、にわかに改革の気運が高まった。「これから広い視野で、積極的に女性を要職に登用する」――それが、次年度に県警本部が打ち出そうとしている基本方針らしい。

「待って。もっといいこと思いついた。独身寮でペットを飼えるようにしよう、ってことを訴える」

「おまえ、動物の面倒なんてちゃんとみられるのか」

「猫ぐらいなら。なんていったっけ、名前」

「何の」

「だから、あんたの家にいる猫」

声の聞こえ方から判断すると、距離は四メートル。思ったより近づいていた。足を速める。

「弥生（やよい）」

「それって女の子の名前だよね。誰がつけたの」

「誰でもいい」

去年、家に迷い込んできたのが三月のことだったからだ。名付け親は自分だ。三秒ほど考えた末に決めた。

「その人の想像力が高いか低いかは、猫に命名する能力で知れる」

「……いい加減なことを言うな」

「知らないの？　有名な作家の言葉だよ」

そんなことよりも質しておかなければならない点がある。

「おまえ、いつおれの家に来たんだよ」

「先週。――だって、和歌子先輩に誘われたんだもん。ねえ、あの猫、わたしに貸してくれない？　耕史んとこ、お祖父さんのことで大変なんでしょう。猫がいなくなればちょっとは負担が減るんじゃないの」

「大事なペットをそう簡単に渡せるか」

ふいに史香が肩に手をかけてきた。「止まって」

振り返ると、彼女はやたらと丈夫そうな歯を見せた。

「じゃあ勝負しよう。ここから寮の正門まで競走するの。わたしが勝ったら弥生を貸してもらう。負けたらおとなしくあきらめるよ」

正門までの距離を目測してみる。五十メートルほどか。

「やめておいた方がいいんじゃないのか。恥をかくだけだろ」

「そう思うんだったら当然受けるよね」

短距離走は、警察学校時代に何回もやらされた。男女の体力差を考慮してハンディをつける、といったことは一切なかった。史香とも同じ条件で競走していた。当然のことながら、一度も負けたことはない。五十メートル走のタイムも記憶している。自分は七秒を切ることができるが、史香はよくて八秒台だ。

しかし、どうしたことか相手は自信満々の素振りだ。

秘策でもあるのか。それとなく史香の姿に視線を走らせた。腹巻を着用して腹筋代わりにしたり、踵(かかと)にチョークを入れて踏まないようにしたりすれば、いくらかタイムは伸びるというが、そんな小細工をした様子はない。

「分かった。やろう」

史香は爪先(つまさき)を歩道に滑らせた。そうして、石畳の境目が作る線の一つを指し示した。

「これがスタートラインね」

位置についた。わざわざクラウチングスタートの姿勢をとる必要はない。立ったまま走り出す構えに入った。

「待ってよ」隣に並んだ史香は腕を組み、見下ろすような視線を投げてよこした。「ただ前を向いて走っても、当たり前すぎて面白くないじゃない。だから、こうしない？」

長い睫(まつげ)と均整のとれた体が百八十度向きを変えた。

5

居間に入ると、和歌子が新聞を読んでいた。彼女も同じく非番だが、それは午前中だけだ。午後からはラジオ出演という仕事が待っている。

弥生は本棚の上に登ったまま、降りてこなくなった。冷静に着地の算段ができるようになるまで、この三毛には、まだ少し時間が必要らしい。

耕史はソファを踏み台代わりにして爪先立ちになった。手は弥生の方へ伸ばしながら、声だけを和歌子に向かって投げかける。

「史香が、この猫を気に入っていたみたいだぞ」

「知ってる」

和歌子が短く答えると、弥生がピンと耳を立てた。この猫は、飼い主である和歌子の声だけにこうした反応を示す。

「この前、彼女を家に呼んだんだけど、そのとき、ちょっと発見をしたわけ。史ちゃんに、弥生の前でわたしの声真似(こえまね)をさせたのね」

「暇だな」

耕史は弥生の喉(のど)を指先でくすぐってやった。猫の体にも枝毛というものがあるのか。このパサついた毛並みが、寮を離れて実家に戻っていることを強く感じさせる。

「でも弥生の耳は立たなかった。つまり、ちゃんとわたしの声と偽物(にせもの)の声を聞き分けられたわけ」

「それだけかよ」

どこが面白い発見なのか。

「続きがあるんだって」

和歌子はカセットレコーダーを取り出し、再生スイッチを押した。

《おまえを逮捕する》

弥生の耳がピンと立ってカセットレコーダーの方を向いた。

「いまのは、姉さんの声か」

「違うよ。史ちゃんがわたしを真似た声。——でね、こっちがわたしの声」

《止まらんと撃つぞ》

一転、その声に弥生は、大きな欠伸をしただけだった。

「どういうことだ？」

「つまりね、機械を通した声だと、弥生は勘違いして騙されるってこと」

なるほど、ちょっと面白い話かもしれない。

「でも、どうして」

「それは弥生に訊いてよ」

「おい、なんでだ」

弥生の顔を正面から見据え、軽く上下に揺らしてやったところ、そっぽを向かれてしまった。耕史は弥生の耳を指で立てたり折ったりしてしばらく弄んだあと、首根っこを摑み、部屋の隅へ放り投げた。

案の定、和歌子が睨みつけてきた。「月間賞を取れなかった腹いせのつもり？」

九月の受賞者は、三十点で史香だった。

どうやら彼女に一杯食わされたようだ。六日前、駅前交番にかけた電話。あのとき受話器の向こうにいた相手は、和歌子の声色を使った史香だった。

他人の声を真似るのが異常に上手い史香に、これまで何度も騙され、からかわれてきた。その史香が、最近になって取り組み始めた声真似が、和歌子の声だった。

――洋画をテレビで放映するとき、吹き替えをするでしょう。声をあてる声優を選ぶ基準を知ってる？　その外国人の役者に、顔や体つきが似ているってことなんだよ。縦横の比率、エラの張り具合、口の大きさなんかがね。

いつか史香が口にしたその言葉が本当かどうか知らないが、たしかに説得力はある。

体格や骨格が同じであればあるほど、声帯や声道、鼻腔の形も相似するはずだ。

身長は百六十五センチ、体重は推定五十五キロ前後。体格はほぼ一緒だ。和歌子と史香の姿をシルエットにしてしまえば、そう簡単には見分けがつかないだろう。顔の骨格だって似ていないこともない。

「『婿入り』なんて間抜けな合言葉を決めたのは、あんたでしょう。こっちは電話に出ては、しょっちゅう『いり、いり』って、おかしなことばかり言っているんだから、誰かにバレてもしょうがないじゃないの」

「婿入り」は、他人の家に忍び込む盗犯を意味する隠語だ。卒配後、現場に出て初めて捕まえたのが、その婿入り犯だったから、思い出深い言葉なのだ。愛着があった。

「もうやめたら？　彼女と張り合うのは。いくら警察学校での成績が同点で一位だったからって、卒配後も争うことないじゃないの。お互いそんなに点数稼ぎばっかりして、いったいどうしようっての」

時計を確認することで姉の言葉を聞き流し、耕史は立ち上がった。

玄関口の柱に背中を凭(もた)れさせ、腕を組んだところで、三分遅れの壁掛け時計が二時ちょうどを告げた。

チャイムが鳴るまで、それから五分ほど待たなければならなかった。

玄関口に立った史香は、右手にペット用のキャリーバッグを持っていた。

遅かったな。そう声をかけてやるまでもなく、史香は伏し目がちになった。

――午後二時三分にいくから。

それが史香の伝言だった。三分と半端(はんぱ)な時間にしたのは、いわゆる「端数効果(はすうこうか)」というやつなのだろうが、そこまでしておいて遅刻してはさすがに格好がつかない。

驚いたのは、玄関口に現れた史香の背後に見覚えのある顔があったことだ。

「こんにちは」

史香の背後にいた人物——薫が短く頭を下げた。遅刻した理由はこの中学生を連れてきたことにあったようだ。

薫は自転車盗難の件を「駅前交番に届けた」と言っていた。その際、受理したのが史香だったのだろう。ならば、この二人が知り合いだったとしてもおかしくはない。

弥生は元から警戒心が強い猫だ。知らない人間が二人も目の前に現れたら、もう黙って座っているはずがない。史香と薫を部屋へ通すやいなや、部屋の隅に置かれたチェストの下に駆け込んでしまった。

史香は、聞いたこともないようなメロディを軽快にハミングしながら、ペットキャリーの蓋を開けた。返す手でこちらの腕を摑むと、ちょっとごめんね、の一言もないまま服の袖を捲ってくる。

「薫ちゃん、これを見て」

前腕を走る三筋のミミズ腫れを、史香は指差した。

「こういう傷があるというのは、しつけが悪かったということ。甘い顔をしては駄目だからね」

「何の話だよ」

「弥生を二人で飼うことにしたの。何日かおきに交代して」

「聞いてないな。そんな話は」

「いいじゃない。もうわたしが借りたんだから。それからどうしようと」

　後ろ向きに走る競走では史香に負けてしまった。油断していた。相手は普段から背面走りを練習していたようだ。

「間違ってもいじめたりするなよ。確実に仕返しされるからな」

　猫というものは、飼い主が何を一番嫌がるかをよく知っている動物らしい。人間を困らそうとする場合はそれを狙ってくる、と本で読んだことがあった。弥生にはそうした性癖はないが、少し脅かしておくことにした。

「とりあえず、チェストの下から出てきてもらわないとね」

「無理だな、そんなものが目の前に置いてあっちゃ」

　ペットキャリーを指差し言ってやると、史香がいったんそれを猫の視界から外れる位置へと移動させた。

「誰かに盗まれたりしないかな」突然、薫がそんなことを口にする。

　史香は苦笑いを浮かべた。「弥生が？」

「うん。泥棒が家に入ってきたらどうしよう」

「そこまで心配していたらきりがないよ」

　史香は持参したバッグから半透明のタッパーを取り出した。中に入っているのは煮干のようだ。

史香の細い指先が、白目をむいた小魚のミイラを五つばかり摘んだ。弥生が隠れている場所から自分たちがいるソファのところまで、等間隔に点々と並べていく。

弥生がチェストの下から出てきた。最初の煮干を食べた。続いて二つ目と三つ目の煮干をも、まるで掃除機のように口の中へ入れていく。

だが四つ目を食べるかどうか迷っている。さすがに警戒し始めたらしい。

「泥棒を撃退するのに、本当にいい方法はこれ」

薫の目が疑問の瞬きを重ねた。

「あるところにね、何度も泥棒に入られて困っている人がいたの。鍵を二重にしたり、警報機をつけたりしても効果がなかった」

タッパーをしまった手で、次に史香がバッグの中から取り出したものはメモ帳だった。

「そこで発想を変えることにしたわけ。その人はまず、表札をもう一つ作ることにした」

史香の長い指がペンを摑んだ。紙に走り書きした文字は『空き巣さま専用入口』と読めた。

「こういう表札ね。――それから、玄関を開けてすぐ目につく場所に、一つ額縁を掲げることにしたの。額には絵じゃなくて文字を書いて入れておいた」

史香は『空き巣さま、いらっしゃいませ』と書いた。

「それから廊下や、一つ一つの部屋にも小さな看板を掲げておくことにした」

『空き巣の方は奥へお進みください』、『空き巣さま用喫茶室』、『空き巣さま用食堂』、『空き巣さま用寝室』……。

「あとは夜中じゅう煌々と家中の電灯を点けておく」

史香は薫の顔を覗き込むようにした。この効果が分かるでしょう。そう目で問い掛ける。

薫が曖昧な頷きを返したとき、リビングのドアが開いた。入ってきたのは母親の美佐子だった。

母の顔を見ただけで、何が起きたかすぐに分かった。目を兎のように赤くしながら、唇を細かく震わせている。

――お祖父ちゃんを見なかった？　どこに行ったか知らない？　見当たらないのよ。

美佐子が言おうとしていることは、和歌子にも分かったようだ。姉は新聞を畳んで体を起こした。

「心配ないって。携帯を持ってるんでしょ？」

源太郎は外出するときに必ずパナマ帽を被る。その帽子の内側に、美佐子はポケットを作った。端末は常にそのポケットに入れてある。だから外出するときに源太郎が携帯を持ち忘れることはない。

耕史は中腰になり、居間の電話に手を伸ばした。源太郎の携帯番号をダイヤルしてみる。

《おかけになった電話は、電源が入っていないか、電波の届かない場所にあるため――》

アナウンスの途中で受話器から耳を離し、美佐子の方を見た。

電池が切れていたの。そう呟いた美佐子の顔はすでに血の気を失っている。

「出かける前に、お祖父ちゃん、何か言ってなかった？」

和歌子の問いに、美佐子は顔を上げた。「一言だけ」

「何て？」

「自転車を探してくる、って」

――自転車？

傍らにいる薫に一瞬だけ横目で視線をやったあと、耕史は和歌子と手分けして電話をかけまくった。親戚や知り合いなど、方々に連絡し、源太郎を見かけなかったかと訊ね、できれば捜索に加わってもらえないかと依頼した。

一通り連絡を終えると、地図を広げ、手分けして探す算段を立て始めた。

「どうしてなの？　和歌子先輩の声でお祖父さんが正気に戻るってのは」

その答えをひとことで言えば「食欲」だ。夕食の準備ができたと源太郎に告げる係を、長年に渡って和歌子が担当していたからだ。

しかし、この点についても解説してやるつもりなど毛頭なかった。

そのとき、遠くにサイレンと警鐘の音を聞いた。窓から外を見ると、はしご車が西の方角へ向かって走っていくところだった。

居間から廊下へ出て、携帯の通話ボタンを押した。交番にかけ、秋葉に訊いてみる。

「どこです？」

《七日町（なのかまち）の第二万国（ばんこく）ビルだ》

火災という言葉を出さなくても、意味は通じたようだ。秋葉は迷うことなく返事をよこした。

《鑑（かん）はあるよな。行ってみろ。手柄のチャンスかもしれない》

「こっちも大変なんです」

《何があった？》

祖父がいなくなったことを手短に説明しながら迷った。家族の捜索は点数にならない。一方、火事の現場には手柄を挙げるチャンスが待っている。

第二万国ビル——警察官になる前に清掃のバイトをしていたところだ。脳裏に地図を広げるまでもなく、場所は分かった。ここから直線距離にして一キロほど。自転車なら三、四分で行けると計算し、通話を切った。

耕史は靴を履いた。和歌子も無言で家から出た。詮索（せんさく）好きの姉だが、予想したとおり、いまどこへ電話していたのか、と訊ねるだけの余裕を失っている。

祖父か火事か。どちらの現場に身を投じるか、決めかねたまま外に出たとき、消防車のサイレンが聞こえてきた。その音が心を決めた。

自転車を七日町まで飛ばすと、第二万国ビルの前では、携帯電話を握った中年の男性が半狂乱のていで何事かを喚いていた。

――奥さんが中にいるんだって。

そんな野次馬の声を耳に挟みつつビルを見上げる。窓に炎は見えないが、煙はかなり出ていた。視界ゼロの、気体を通り越し、固体のように見える煙だ。中に入って助け出せ。そう頭は命令を下しているが、煙の濃さに足が震えてならない。

肝心の消防車はまだ到着していなかった。人命救助なら五点にはなる。難易度、危険度によっては六、七点までいくか。

濃い煙の中に浮かんだのは、史香の顔だった。

6

『プラザ遊邦』の事務室は、東側の一面が監視カメラのモニターで覆い尽くされていた。ざっと数えて画面は三十を超えている。

「三人なんだ。三人並んでいるところを見つけるのがコツなんだよ。ゴト師はまず三人組でやって来るからね。両端が壁役(かべやく)で、真ん中が実行役だ。ところが実行役が大当たりを出すわけじゃないんだな」

いったん言葉を切ると、叔父は煙草を咥えた。

「実行役ってのは、パチスロ機のセンサーを壊して、別なものと付け替えてから、立ち去るだけさ。打ち子ってのが別にいてね、そいつが次の日に、その台にやってきて、大当たりを出すわけよ。不正に大当たりを出す行為はね、知ってるかい、窃盗罪になるんだな」

仕事の話をしてくれと頼んだわけではないのだが、滔々と語るその口ぶりからして、叔父はどうやら、再就職先の仕事を真面目にこなしているようだった。

「ほら、見たかったのはこれだろ」

叔父の手がモニターの一つに十数日前の記録を映し出した。店の前を映したアングルだ。三本縞の服を着た男が白いマウンテンバイクで乗りつけた画像だった。カラーで画質も高い。

「そうです。このシーンに目印を付けとくには、どうするんです?」

「ここのボタンを押しゃいいんだよ」

叔父の教えに従って「シマ」の映像にブックマークをつけたあと、そこからさらに数日後の映像を調べ始めながら、もう一度叔父に訊ねた。

「ここ、店内で携帯を使えます?」

「ああ。うるさいから誰も使わないけどね。——しかし、昨日はよかったね、すぐに見つかってさ、祖父さん」

「心配かけてすみませんでした」

源太郎がひょっこりと帰ってきたのは、日が暮れる前のことだ。

美佐子は床に座り込んで泣き出した。一方、和歌子は非難の眼差(まなざ)しを人騒がせな祖父へ向けていた。自分は、どちらかといえば姉の態度に賛成だった。

源太郎が着ている背広の裾ポケットからは、相変わらず小型ラジオのストラップが覗いていた。どこかでのんびりと「最前線」でも聴いていたのだろう。

「それにしても、耕史くんは手柄に恵まれているよ。祖父さんを探している途中で火事にでくわすなんてさ。ね、署長即賞ってどんなの？」

先ほど署でもらってきた、一枚の熨斗袋(のしぶくろ)を、耕史は取り出してみせた。中身はおそらく千円の図書カードだろうが、金額は問題ではない。

「ところで昨日のラジオ、聴きましたか」

そう叔父に問い掛けたところで、モニターの中に目当ての映像が見つかった。歩道に停(と)められた自転車の列を中学生が眺めながら歩いている。そこにもブックマークをつけた。

「聴いたよ。祖父さんがいなくなって大騒ぎだったはずだけど、予定どおり和歌子ちゃん、出られたんだね。よく間に合ったな」

ラジオに和歌子さんが出ていたね――同じことは、図書カードを手渡してきた署長からも、そして、その後に立ち寄った地域課の職員からも言われていた。

店内をリアルタイムに映し出す監視モニターに、耕史は目を移した。

午後四時五十分。呼び出した時間ちょうどに、美島が店内に入ってきて、入り口に近い台についた。

しばらく事務室で待ち、午後五時になってから美島の携帯に電話をかけた。モニターの中で美島が端末を開く。

「おれだよ」

《先輩、嘘つきましたね》

美島は手にしていた煙草を灰皿ではなくジュース缶の方へ押し付けた。

《可愛い後輩を飢え死にさせるつもりですか》

「変だな。許せ。あとで店長に文句を言っておくから」

――プラザ遊邦な、今日は出すそうだぞ。

研修から帰ったばかりでまだ疲れが残っている。そんなふうにボヤいている美島を呼び出す口実としては、それぐらいしか思い浮かばなかったのだ。

「負けは、いくらか弁償してやれる。図書カードでいいならな」

《そういえば、署長即賞、おめでとうございました。なんでも、あのビルからはだいぶ煙が出ていたようですけど、どうやって助けたんですか》

「知りたいか」

《そりゃあ、もちろん。後学のためにも、ぜひ教えていただけませんか》

「分かった。じゃあ目をつぶって立ち上がれ」

《何をさせるつもりですか》

「いいからやれ」

この段になると、近くにいた店員や客が、何事かと美島の方へ視線を向け始めた。何でもありません、の笑顔を振りまいてから、美島は言われたとおりにした。

「そこから右に三歩、ゆっくりと歩け。急がなくていいぞ。早足だと怪我するからな」

歩き出した美島の足取りは覚束(おぼつか)ない。加えて、片手を心持ち前に突き出しているところを見ると、やはり正直にしっかりと目を閉じているようだ。

「そこで左に九十度方向転換だ。そしたらもっと手を前に突き出して、何かに触るまで進め」

客の少ない外側の通路を、北に向かって歩かせたところ、やがて美島の手が、突き当たりの壁に触れた。

「そこから右に六歩だ。ドアがあるから気をつけろ。——簡単だろう。これが図書カード千円分の答えだよ」

《なるほど。携帯で繋(つな)がってさえいれば、音声でナビしてやれるってわけですね》

「そうだ」

画面の中で美島の手がドアに触れた。

「ノブがあるだろ。回して、押せ」

「はい。——もう目を開けてもいいですか」

耳に届いた美島の音声は、携帯七、地声三といった割合だった。

「ああ、いいぞ」の返事は、モニターではなく、事務室の入り口に覗いた美島の顔に向かって言った。

目蓋を一度開けたあと、美島は何度も瞬きを繰り返した。おそらくパチンコ屋の事務室を目にしたのは初めてなのだろう。

「この子の腕を見てみろ。腫れているのが分かるか」

耕史は近くの椅子に美島を手招きしてから、中学生の映像を呼び出し、それをアップにした。

「折檻ってのは、嫌な言葉だな。檻が折れる、だ」

「いかにも痛いイメージですよね。……もしかして、この子が受けたんですか」

「そうだ。この人のせいでな」

言って、それよりも前にブックマークをつけておいた映像を呼び出した。

「美島だから三縞。なるほど洒落の分かる彼女だな、大事にしてやれよ」

その台詞を最後まで言い終わらないうちに、美島は事務室から逃げ出していた。

耕史は立ち上がらなかった。代わりに店の出入り口を映すモニターに目をやる。

自動ドアが開くのを待っていられず、美島は、それを両手でこじ開けるようにして外に出た。

乗ってきたマウンテンバイクに飛びつき、後輪にかけてあるチェーンロックを外そうとやっきになる。

だが、すぐにその手を止め、はっとした表情で顔を上げた。

ある音を耳にしたせいだ。

このモニターが捉(とら)えているのは映像だけだから、こちらの耳には聞こえない。いま美島を驚かせた警笛の音を聴くには、想像の中で耳を傾けるしかなかった。

7

蛇は、三十センチほどある体の前半分を、空中に持ち上げ続けている。

先ほどからずっと、その姿勢を保ったままだ。舌を頻繁に出し入れしているのは、周囲の様子を探ろうとしてのことだろう。

「何ていう種類なんだ」秋葉がプラスチックの箱に身を屈め、眼鏡を押し上げた。「持ってんじゃねえのか、ポイズン」

「頭が三角形でなければ毒はない、って聞きますけど」

楕円形をした蛇の頭部を見ながら、耕史はそう応じた。

犬がうるさい、猫が糞をする、鳥が逃げた……。交番には、動物に関するトラブルが頻繁に寄せられる。加えて、動物そのものが持ち込まれる場合も珍しくはない。

「分かんねえぞ。万が一ってことがある。ちょっと調べてみろ」

秋葉の言葉に、耕史はノートパソコンを開き、インターネットにつないだ。検索サイトを何度かクリックするうちに、個人が開設している蛇図鑑にたどり着いた。

「シマヘビってところですかね。青大将の子供かもしれませんが。まあ、どちらにしても毒はありませんね」

百円ショップで売っている透明なプラスチックのケース。その中に入れられた蛇と、図鑑の絵を見比べそう結論づけると、秋葉はケースの横腹を指で軽く弾いた。

「ったく、なんでスネークがマンションの五階をうろついてなきゃなんねえんだ？」

それは蛇に訊いてもらうしかない。世の中は謎だらけだ。

獲物の匂いでも察知したのか、シマヘビは、いままで静止させていた体の後ろ半分をも活発に動かし始めた。

「ついでにネットで調べてくれねえか」秋葉は吐きそうな表情を作り、ぐねぐねとのた打ち回る爬虫類から目をそらした。「おとなしくさせる方法もよ」

「冷蔵庫に入れましょうか。冬眠させるんです」

「阿呆ぬかせ。おれたちのディナーも入ってんだぞ」

秋葉は周囲を見渡し、やがてキャビネットの上を指差した。

「それだ。持ってきてくれ」

秋葉が指し示したものはCDラジカセだった。耕史はそれを手にし、埃を払ってから、蛇の隣に置いた。

「どうしようっていうんですか」

「まあ、見てろ」

秋葉はスイッチを入れた。ディスクは挿入せず、ボリュームのつまみだけを「大」の方へ回していく。

スピーカーから、砂を磨り潰すような雑音が出てきた。同時に、蛇の動きはぴたりとやんだ。

「思ったとおりだ。人間のベイビーと同じだな」

泣いている乳児をおとなしくさせるには、静かな雑音を聞かせればいい——それは知っていたが、まさか爬虫類にも通用する方法だったとは想像もしなかった。もっとも、蛇は聴覚をほとんど持たないというから、空気の振動を警戒しておとなしくなっただけ、と考えた方が自然に思えるが。

「戸柏PM。夜になったらこいつを公園にでも放してきてく――」

突然言葉を切った秋葉に対する、どうしました、の問いかけは、口ではなく目で行なった。秋葉が唇の前に人差し指を立てたからだ。

「妙な音がする」

秋葉はロッカーの前に移動した。

「この中だ」

『戸柏』と書かれたネームプレートを警棒でこつこつと叩きながら、秋葉は眉根を寄せた。

「すみません。実はですね」

ばれてしまったのなら、しかたがない。耕史はロッカーに鍵を差し込んだ。中から手提げバッグを取り出し、ファスナーを開ける。

「またアニマルかよ」

バッグの中から顔と前足を出した弥生を前に、秋葉が手の平を額に押し当てる。

当の弥生は小刻みに首を動かし、周囲に視線を配り始めた。だいぶ興奮している様子だ。蛇の気配を嗅ぎ付けたに違いない。

「そんなもんまで出動させてどうすんだ」

弥生の世話は、普段、主に美佐子がしている。だが彼女は、先日の源太郎失踪事件の心労で入院してしまった。源太郎はと言えば、いまはデイサービスに通い始めている。

残るは和歌子か自分だが、姉弟の力関係を考えれば、どちらが引き受けなければならないか、議論するまでもなく明らかだった。こうなったら、もう下手に意地を張らず、史香と薫に貸してやった方がいいかもしれない。

「すみません。どうか上にはご内密に」

耕史はいま秋葉がやったように口に指を立ててみせた。

しょうがねえか。洒落になんねえしな、美島に続いてお前までクビになっちまったらよ……。ひとしきりぼやいてから、秋葉は上目遣いの視線を送ってよこした。

「戸柏PM、おまえ、最初から美島が犯人だと気づいていたんじゃねえのか」

「ええ、まあ」

始終警らをしているのだ。パチンコ屋に出入りする縞模様の服を着た男――薫が口にした特徴だけで見当はついた。

「すぐに捕まえなかったのは、先輩としてのお情けか」

「そんなところです」

「じゃあ、どうしていまさらお縄にした」

「負けてますから、今月は」

「んなわけないだろう。火事の手柄で二点か三点はリードしていたはずだ」

「記録の上ではそうです。けれど」

気持ちの中では何点かビハインドだ。こちらが火事で一人助けた。だが、ちょうどその後に、史香もさりげなくもう一人の命を救っていた――。

「面白いものを見せましょう」

耕史はロッカーの中から緑色のラベルが貼られたカセットを取り出した。「最前線」を録音したものだ。机へ戻ると、空のまま雑音だけを流し続けるラジカセに、そのカセットをセットし、再生ボタンを押した。

《これから警察は、女男の比率をもっと変えていかなければならないと思っています――》

流れ始めた音声にピンと立った弥生の耳は、押しても簡単に折れそうにはなかった。

「キャットがヒューマンのボイスをリッスンしているだけだろ。それのどこが面白いんだ？――そんなことより、ほれ」

事情の分からない秋葉が、ぽいと何やら小さな白いものを投げてよこした。

「さっき子供が来てな。『十点いただき』だってよ」

耕史は返ってきた警笛を握り締め、その手でラジカセの停止ボタンを押した。

第二話　符丁

1

雪が風に舞っている。吐く息の白さに視界が曇った。冷気の量も質も、腰にしのばせた懐炉一つで払いのけるには手強すぎる。

十二月七日。午後九時半過ぎ――。

どこかで弥生の鳴き声がした。

寒空の下、北風に流される一本の糸のように細い声だった。

木の枝を見上げている薫が洟を啜った。

陶山史香はポケットティッシュを取り出し、自分もまた木を見上げた。

少し離れた場所にある自転車置き場。その横に立った一本の外灯だけを頼りに目を凝らすと、思ったとおり、今日も弥生はそこにいた。彼もまた寒くてならないらしい、腹の下に宝物でも隠しているような格好でうずくまっている。

史香は携帯電話を取り出した。癖でリダイヤルボタンを押す。そうしてから気づいた。モニターには『119』と表示されている。繋がってしまう前に慌てて切り、耕史の携帯へかけ直した。

《何の用だ》

返事は、最初のコールが終わる前にあった。警察学校では、受話器を上げるのが二回目以降のコールになってしまうとペナルティが待っていたから、自分の周囲にいる新米はみな応答が早い。

「木から下りてこない」

《誰が》

「弥生」

《なんで？　自分で登ったんだろ、ほっときゃ下りてくる》

「登ることはできても下りられないんだよ。猫って、そういうことがたまにあるの。元飼い主なんだから知っているでしょ。どうしたらいいか教えて」

《いまおまえがいる場所に雪が積もっているか》

「うん」

《じゃあ、そこにしゃがんで、足元の雪をすくえ》

「そんなことして、どうするの」

《いいから、言われたとおりにしろ。雪球を作るんだ》

手袋を脱いだ。適度に湿った粘り気の多い雪だった。軽く握ったそばから、ゆっくりと溶けていく。

《弥生の方を向け。狙(ねら)いは慎重に定めろよ》

「ちょっと、まさか」

《ああ。弥生に雪球を投げてやりゃいい。そうしたら驚いて下りてくる。間違っても当てるなよ》

雪球を足元に投げ捨てようとしたが、すんでのところでその手を止めた。

そういえば、外国ではこういう場合、消防車が来て猫に向かって放水したりもするらしい。弥生は下りてくる素振りを微塵(みじん)も見せていない。しかたなく、アンダースローで雪球を投げた。

雄の三毛が地面に脚を着けるまで、そんな動作を五回ほど繰り返さなければならなかった。

体毛が泥混じりの雪で汚れきった弥生を、薫はかまわず抱き上げた。そんな彼女の背中を、

「帰ろう」

史香はそっと押した。

他県へ出張中だという薫の母親は、もう帰ってきているだろうか。

薫のマンションまで、ここから直線にして三百メートルほどの距離がある。

シャーベット状になった歩道を小走りに急いだ。十歩に一回は転びそうになる。

――道は凍つてゐた。村は寒気の底へ寝静まつてゐた。

ふと、学生のころに読んだ『雪国』の一節が頭に浮かんだ。

商店街を通りかかると、そこには人だかりができていた。

赤い回転灯を取り囲むようにして居並ぶ野次馬たち。その背後で背伸びをしてみる。

人混みの隙間（すきま）には担架を持った救急隊員の姿が見えた。

さらに目を凝らすと、担架の上で横になっている人物の顔が、薄暗がりの中に、ぼうっと浮かび上がってきた。目鼻の位置を定規で決めたような、妙に整ったその顔は、薫の義父、篤志（あつし）に間違いなかった。

2

鏡の前に立ち、自分の顔と向き合った。

メイクに手落ちはない。化粧水の乗りはいいし、ファンデーションにもムラはない。毛穴も汚れていなければ、口紅だって光沢を保っている。

にもかかわらず、史香はトートバッグを開け、中から化粧ポーチを取り出した。

リップカラーを使いながら意識を集中させたのは左の耳だ。

トイレの窓際（まどぎわ）。いまそこに女が二人、向き合う形で立っていた。一方の女はどう贔屓目（ひいきめ）に見ても体に脂肪分が多すぎる。もう一方は少なすぎだ。

二人は何やら囁（ささや）き合っていた。一言でも多く喋（しゃべ）った方が勝ち、とのルールで試合でもしているかのように、唇を動かし続けている。

「チェリーパイとジェラート」

耳がそんな言葉をとらえた。脂肪分の多すぎる方が発した声だった。

「パウンドケーキにムース、ババロア」

これは少なすぎる方の口から出た台詞（せりふ）だ。

二人の会話に終わる気配はなかった。しなくてもいい化粧直しで、このまま時間を潰（つぶ）し続けても無駄のようだ。

史香はポーチにリップカラーをしまいながら、鏡で背後の個室を見やった。ドアは三つある。そのうち入り口に近い一つだけが使用中だった。

洗面台の前からそっと離れる。そして、窓際の二人に気づかれないよう気配を殺しつつ、真ん中の個室に入った。

「さっきね、ちらっと見てきたら、地下で凄（すご）い安売りしてたよ」

「うん。ゴディバとか、ピエール・マルコリーニとか、ほとんど半額になってた」

「そう、ほかのスイーツも。全部全部」

しばらくして個室のドアを開けると、菓子好きの女たちが消えていた。いまの会話にころりと騙され、さっそく下りのエレベーターに乗ったらしい。
二、三度、空咳をしてから、史香はのど飴を一つ口に放り込んだ。携帯で通話しているふりをする場合は、どうしても地声が出せない。そのせいか、いつも喉の奥がいがらっぽくなる。いや、それよりも悩ましいのは、自分は正気を失ってしまったのではないかと疑わしくなってしまう点だ。
軽く頭を振りながら、ようやく空いた窓際のスペースに立つと、バッグの中から双眼鏡を取り出した。

ピントを調節するまでもなかった。前回のままでいいのだ。大通りを挟んだ向かい側の歩道。そこへレンズの焦点はすでにぴたりと合っている。

Ｋ街商店街にある『フォトショップＳＨＩＮＪＯ』が、監視の出発点だ。その店舗を中心として同心円を描くように、ゆっくりと周囲を見渡していく。

双眼鏡を構えながら、背後にも注意を払い続けた。

トイレを利用する客の足音は途絶えることがない。騙された女二人が殺気立って戻ってくる可能性もあった。

だが、かまわず史香は、窓枠に肘を載せ、接眼レンズに目を当て続けた。

ほどなくして、商店街の歩道に、徒歩でパトロールをする二人の警察官を捉えた。一人が戸柏耕史であることは、顔を見るまでもなく、歩き方からすぐに分かった。

もう一人は、耕史よりもさらに若かった。美島という後輩が退職してしまったため、代わって配属された地域課の新人だ。苗字はたしか水谷といったはずだ。メモ帳を構えながら、耕史の背中にくっついている。

長々と二人を追いかけはしなかった。史香はすぐにまた双眼鏡を同心円状に動かし始めた。

捜しているのは一人の男だった。

年齢はまだ三十前だろう。背は百八十センチ以上。頭は長髪。耳から顎にかけて二つの筋がくっきり見えるほど頬がこけている。それが、この半月ほどのあいだ捜し回っている男の風貌だ。

半月前のあの晩、彼が身に付けていたのは、肘に穴の空いた黒いどてらだ。ズボンも同じ色だった。黒――血を浴びたとしても、ほとんど目立たない色だ。足元はサンダルで、煙草でも買いにちょっと出かけた、といった様子だった。

つまり、あの痩せた男は、現場の近くに住んでいるということだ。

――出てこい。もう一度……。

念じながら、史香は片手を背中に回した。

肩凝りがひどかった。痛みは腰の辺りにまで広がっている。それほどに疲れは溜まっていた。しかし、ここは無理のしどころだ。

《門前町よりお越しの赤井さま》

天井のスピーカーから店内放送が流れたのは、窓際に陣取ってから十五分ほどしたころだった。

《六階キッチン用品売り場までお越しください》

しかたなく、史香は双眼鏡をバッグにしまった。面倒が起きる前に切り上げた方がいい。

不審者、万引き常習者、クレーマーなど、迷惑な客が来店した場合、デパート側はその旨を、店員に向けて全館アナウンスで通知する。もちろん符丁を使って、だ。

《門前町よりお越しの赤井さま》は、明らかに自分のことだった。

この二週間ばかり、非番の日にはかならずこの広福屋デパートに来店していた。そのたびごとに六階トイレの窓から外を覗いているのだから、不審者としてマークされない方がおかしい。

赤井というニックネームを頂戴することになったのは、着ている服がいつもその色だからだろう。《門前町》はおそらくトイレを意味するのではないか。

トイレから売り場に出ると、予想したとおり、強い視線を感じた。左手、十時の方角だ。

水筒を陳列した棚の後ろからだった。

視線の主が誰なのかは分かっている。私服の警備員だ。歳は四十前後だろう。遮光器土偶のように、腫れぼったい目蓋をした男だ。

気づかないふりをして立ち去るつもりだったが、黙って逃げるのも悔しいという気持ちが胸中のどこかにあったようだ。

思い切って左を向く。視線がかち合った。

予想外の動きに相手も動揺したようだ。ぶ厚い目蓋の下で、瞳が小さな羽虫のように動いた。

白のフィッシャーマンズセーターに少し皺の寄ったチノパン。それが警備員の服装だった。今日は比較的ラフだ。三日前の夜は、たしか紺の背広に伊達眼鏡で会社帰りのサラリーマンを装っていたはずだ。

そんな記憶を探っているうちに、警備員の男はもう陳列棚の陰に姿を消していた。弾丸でも避けられそうなほど素早い身のこなしだった。なかなかのベテランらしい。マークしている相手に自分の姿を長く晒さないことが私服警備の基本だ。

史香は、キッチン用品売り場で丸型のティーポットを一つ買ってから外に出た。

大通りを横断し、K街商店街の歩道へ出る。そして、先を歩く二つの制服に背後から近づいていった。

「いいか。コースはいい加減に設定されているわけじゃない」

後ろに立っていてもよく聞こえる。しかも屋外で。それが耕史の声の特徴だ。

「地形はどうなっているか。これまでに、どこでどんな事故が起きているか、犯罪が発生した場合、犯人はどこに身を隠し、どう逃走するか。そうしたいろいろな観点から計算して決められている」

言葉のわずかな切れ目ごとに、水谷の制帽が小刻みに上下する。

「特に大事な地点は『警ら要点』と呼ばれている。パトに出たら、かならずその要点を通過することだ。つまり要点と要点を結ぶコースを設定しておかなければならないわけだ」

どうやら耕史は、新米の水谷にパトロールの基本を伝授しているようだった。

やがて何かの拍子に水谷が後ろを振り向き、あっという顔を作った。

「陶山先輩……ですよね」

耕史も体を後ろに捻った。だが少し歩速を落としただけで、足を止めはしなかった。

「よそ見すんなよ」

水谷に言い置き、どんどん前へ行ってしまう。その背中を、史香は水谷と並んで小走りに追いかけた。

「仲間なんだから、挨拶ぐらいしてくれてもいいんじゃない」

「何をしてんだ？　人の管轄区域で」耕史はやはり背中で応じた。「このところ、よくこの近辺に出没するよな、おまえ」

「非番だから、何しようと自由でしょう」

「その紙袋から推察するに、買い物ですね。広福屋で」

こちらの手元に顔を向けた水谷の口調は、耕史への注進といった感じだった。その紙袋を、史香は耕史の前に突き出した。

「三千二百八十円になります」

「何のことだ？」

「請求金額。このティーポットのね」

「どうしておれが払わなきゃならない」

「だって飼い主でしょ」

いままで寮の部屋で使っていたお気に入りのポットを壊したのは、耕史から預かった弥生なのだと説明した。

「姉貴に言え。本当の飼い主はあっちだ」

「弥生って」水谷が振り向き、また口を挟んできた。「あの三毛のことですよね。いつも木の上にいる」

弥生はいま、沢津橋中央署の独身寮に住んでいる。敷地内で放し飼いの状態になっている。寮にある高い松の木が気に入ったようだ。それはいいが、いつもそこに登っては、なかなか下りてこない点には閉口してしまう。

耕史が突然、そうだ、と呟き、足を止めた。

「水谷、たしかおまえも刑事を志望していたよな」

「はい」

「陶山先輩はな、最近、このあたりに出没している連続ストーカー犯を自分の手で逮捕してやるつもりでいるんだ」

耕史はこちらに向かって水谷の肩を二度叩いてみせた。

「紙袋に目をつけたところは見事だ」

「ありがとうござ――」

目を細めたまま、水谷は言葉を途中で止めた。顔の前に、耕史から手の平を突きつけられたせいだった。

「で、他には?」

耕史の問いかけに、水谷は瞬きを繰り返した。笑顔を作っていた両頬が、ゆっくりと位置を下げていく。

「他に気づいた点はないのか、と訊いている」

「……や、弥生は雄なんですよね。珍しいです。三毛なら、普通は雌なのに」

「誰が猫の話をしろと言った」

水谷は唇を半開きの状態に保ったまま固まった。

「分からないか。じゃあ刑事は無理だ。あきらめろ。——いいか、陶山巡査は独身だ」

一歩踏み出したのは文句を言うためだった。耕史は水谷の肩に手をかける動作にかこつけ、こちらに背中を向けた。

「独身てことは、住まいはどこだ？」

「……署の寮、ですか」

水谷はどうにか答えた。とはいえ、先ほどの「無理だ」がよっぽどショックだったのか、顔が少し歪んでしまっている。

「そうだ。ってことは？」

ってことは、ええと……。水谷の表情がさらに崩れ、制服が放つ威厳を台無しにした。

「まだ分からないか。寮の近くにだっていくらもあるんだよ。ティーポットを売っている店なんてな」

「……ですよね」

「それでもわざわざ広福屋まで来たのは、それ相応の理由があるからだろう。おそらくポットを買ったのは何かのついでで、本当の目的は別にあるはずなんだよ」

ですよね、ですよね。ようやく気を取り直したか、水谷はまたメモ帳にボールペンを構え始めた。

「それから、持っているものがハンドバッグではなくトートバッグなのはなぜか？　足元はハイヒールだ。だったら、その大きめのバッグは似つかわしくない。はて、中に何が入っているのか。――そこまで疑う目を持たなきゃ、刑事にはなれないぜ」

メモを取り続けながら、水谷は神妙な顔で頷いた。

「おれが睨んだところ、陶山巡査はおそらく事件を嗅ぎ回っていたんだろう。自分の管轄では、もう捕まえる犯人がいなくなった。だから今度は他人の『狩り場』にまで進出し、手柄をかすめ取ろうとしているわけだ」

そんな悪態をついた耕史は、たしか以前、広福屋デパートによく現れる万引き常習犯を捕まえたことがあったはずだ。

「陶山先輩は、いま何点ですか」

水谷がメモを取りながら無遠慮に訊いてきた。この新米までが耕史との成績争いについて知っているのは、交番の中で秋葉がいつも話題にするせいかもしれない。

史香は答えなかった。

たしか今月、耕史はもう三十点に近いポイントを上げているはずだ。対する自分は、まだ二十点に留まっている。だが……。

十点差など簡単に覆せる。金星を上げさえすれば。

3

「陶山巡査、だね」

背後からの声は、喋り慣れているな、という印象を与えるものだった。それゆえに口調はどこか芝居じみてもいた。そしてまた、それは聞き覚えのある声でもあった。

振り返ると、思ったとおり、廊下に立っていたのは、ピンストライプのスーツを着て細いフレームの眼鏡をかけた男だった。

刑事課の巡査部長、布施(ふせ)だ。強行盗犯係(きょうこうとうはんがかり)ではエース級と目されている三十五歳——。

「いま、忙しいの?」

曖昧(あいまい)に頷いた。沢津橋中央署の地域課に、連絡業務のために出向いてきたところだった。

駅前交番に帰れば仕事が山と待っている。

「悪いけど、時間をもらえないかな」

「どんなご用件でしょうか」

「重要参考人を呼んであるんだ。いまから取り調べるつもりでね」

「もしかして、強請(ゆす)り屋殺しの件ですか」

「ああ。ちょっと立ち会ってもらえないかな」

すまなそうにこめかみのあたりを搔いた布施の手には、ナイフで切られたような傷跡が見受けられた。

「わたしが、ですか」

「そう。まっさきに現着したきみに立ち会ってほしい」

　薫の義父、篤志が殺された。倒れている篤志を発見して通報したのは、仕事から帰った篤志の妻──薫の母親だった。事件現場の様子は、駆けつけたテレビ局のカメラがまるまる記録している。

「大丈夫だよ。地域課の課長には話を通してあるから」

「……分かりました」

「助かるよ」

　布施は歯を見せたあと、スーツの襟を両手で整えた。その仕草は、小さなガッツポーズのようにも見えた。いや、実際そうなのかもしれなかった。

「でも、わたしは何をすればいいんでしょうか」

「事件発生時の現場はテレビで報道された。陶山巡査も映った。そうだったね」

「ええ」

「犯罪者ってやつは、捜査の進展具合が気になってしょうがない。だからたいていは、事件の後、ラジオなりネットなりにかじりつく。もちろんテレビにもだ」

「そうでしょうね」

「ってことは、犯人は、ほぼ間違いなくきみの顔を知っている」

布施の意図が理解できた。重要参考人の反応を見ようというわけだ。なるほど、無駄なことではないだろうと納得し、史香は布施と一緒に刑事課のある三階へ向かった。

「第三取調室」のプレートが出た狭い部屋に入ると、そこで待っていたのは、体格のいい短髪の男だった。足を投げ出すようにして椅子に座っている。

この男の苗字が平池であることは、入室する前に布施から聞かされていた。

目を引いたのは、平池の顔だった。布施の手と同じだ。左耳の下、もみあげのあたりに刃物で切られたと思しき傷がある。正面から見てもけっこう目立つ傷だった。人相の悪さを決定づけているのは、眉毛の薄さでも額の狭さでもない。この縦線だ。

布施が平池の正面に座った。

史香は部屋の隅にある机につき、ノート型のパソコンと向き合った。平池には顔の右側を晒す格好になる。

「さてと、すみませんが、今日も前回と同じ質問を繰り返しますよ。二週間前の夜、午後七時、あなたはどこにいらしたんですか」

布施が眼鏡を外し、薄く青の入ったレンズを拭くと同時に、史香はパソコンのキーを叩き始めた。

布施からは「ふり」だけでいいと言われていたが、いま彼が口にしたとおりの言葉をワープロソフトに入力していくことにした。

言ってしまえば無駄な仕事だが、それだからこそあまり硬くならずに済み、指は軽快に動いた。

平池は、こちらが追っている男ではなかった。風体は似ても似つかない。

「あと何回同じことを言えばいいんだよ」平池は舌打ちをして頭を掻いた。「本屋にいたって答えたはずだぜ。もう十回ぐらいもよ」

「どうも信じられないんですよ。あなたのような人が読書に時間を使うとは思えませんのでね」

「そりゃあよ、刑事さん、偏見てもんじゃねえのかい」

布施は立ち上がり、一方の壁際に置かれたスチールラックへ歩み寄った。ラックには液晶モニターとビデオデッキが設置してある。

布施がプレイヤーのスイッチを押す。画面に流れたのは事件現場の様子だった。犯人が立ち去った直後の現場だ。カメラ店前の歩道に倒れた人物の顔にはモザイクが施されている。周囲にいる野次馬は、まだおとなしい。現場が騒然とし始めるのは、このもう少し後からだ。

「被害者を知っているでしょう。新条って男です。K街商店街でカメラショップをやってる」

「そりゃあね。店にも行ったことがあるよ、普通の客としてな。それだけだ」

「新条はあの夜、背中から刃物で刺されたんですよ。午後九時半ごろ。K街商店街の近くはいつも人気がなくて、犯人は逃げおおせました」

布施がそう言うと、平池は耳の横に指で輪を作った。もうタコができている、という意味らしい。

「じゃあ新しい情報を教えてあげましょう。実は、新条の商売は行き詰まっていましてね、裏で強請りをやっていました。いろんな人物の弱みを握っていたんです」

「そりゃまた」平池は布施から顔をそむけ、ハッと息を吐き捨てた。「ロクでもねえやつだな。そいつを殺した犯人に味方してえよ、おれは」

平池の送ってよこす粘っこい視線のせいで、右の頬に鳥肌が立ったのが分かった。パソコンのキーを叩く指の動きが、どうしても鈍りがちになる。

布施は、透明なプラスチックのコップに水を注ぎ、平池の前に出した。

「あなたがホトケさんの店にときどき出入りしていた理由は何です？」

「趣味でね。デジカメなんてものは邪道だ。写真てものは、やっぱりフィルムじゃなきゃいけねえ」

「なるほど。ところで、タレこみ情報があるんですがね。あなたの撮った写真に、何やら疚しいものが写っていた。それを現像に出してしまったものだから、新条から弱みを握られることになり、強請られる羽目になった――そんな情報がね」

「知らねえな。何だよ、疚しいものって。人聞きが悪いぜ。きれいなお姉ちゃんがいる前でよ」

視線に粘り気が増した。右頬の鳥肌が首筋のあたりにまで拡大し、軽い悪寒に変わった。

「分かりましたよ。平池さん」

布施はネクタイを直しながら立ち上がると、コップの水を手にした。その水を、平池の顔にかけ、頬に一発張り手を見舞った。そして机に細い尻を載せ、濡れた平池の顔に眼鏡のレンズをぐっと近づけた。

「あんまり面倒かけんなや、ああ?」

豹変した刑事の態度に、平池が唇を震わせた。ちょ、ちょっと何すんですか。喘ぐように呼吸をしながら口にした言葉からは、先ほどまでの威勢のよさなど露ほども窺えない。

「いい加減にゲロして楽になろうや、な」

布施の右手が伸びた。平池の短い髪を頭頂部のあたりで摑み、前後に揺さぶる。

「おまえがやったんだよな。どうなんだ」

ちがいますよ。おれじゃないですよ。平池の声には、早くも涙が混じり始めた。

いたたまれなくなり、史香は立ち上がって布施に駆け寄った。

「待ってください。ちょっといいでしょうか」

布施を部屋の外に連れ出した。

「いまビデオを見て思い出したことがあります」

小声で言うと、布施は髪をかき上げる動作で、続けて、の意を伝えてきた。

「わたしが現場に行ったとき、新条さんは、まだかすかに息をしていました」

布施は眼鏡のつるに手をやった。「で？」

「そして、亡くなる間際に、指を一本立てたんです。わたしの目には、そう見えました」

「死に際のメッセージというやつか」

芝居じみてんな……。眉をしかめ、そう独り言ちたあと、布施は眼鏡を外し、心持ち顔を近づけてきた。

「それは本当か」

「はい」

「どこかを指さした、ということだね」

「ええ。指先は、現場に集まってきた野次馬の方に向けられていました」

「つまりその中に犯人が紛れ込んでいて、その人物を指摘した、ってことか……。うん、その可能性は十分にあるね」

独り言のように言葉を継ぐと、布施はハンカチで手の甲についた傷を拭き始めた。先ほど、平池に水をかけたときに濡れたようだ。

「その野次馬がどんな人物だったか、きみは姿を見たんだね」布施は上着からメモ帳を取り出した。「人着を教えてもらえないかな」

——年齢はまだ三十前だろう。

「四十代の後半ぐらいに見えました」

——背は百八十センチ以上。

「背丈は百六十センチもなかったと思います」

——頭は長髪だった。

「坊主頭にしていました」

——耳から顎にかけて二つの筋がくっきり見えるほど頬がこけている。

「頬はふっくらとしていました」

——足元はサンダルで、どてら姿。煙草でも買いにちょっと出かけた、といった様子。

「スーツにネクタイをしていました」

——その男はどうしたの？

「すぐに現場から立ち去ってしまいました」

頷くと、布施はハンカチをしまい、スーツの襟を両手で整えた。

「まあ、いちおう調べてみるよ。念のため似顔絵を作っておこうか。それが終わったら、陶山巡査、きみはもう帰っていいからね」

4

そのハーブティーには、口を一度つけただけで、すぐにカップを皿へと戻してしまった。

メニューに添えられていた「各種のビタミンを配合」の売り文句に惹かれて頼んでみたまではいいが、どんなサプリメントを砕いて混ぜたのか、こうまで薬臭くては二口目を飲めという方が無理だった。

『ディアンサス』――独身寮から一キロばかり離れた場所にある店だった。入ったのは初めてだ。そもそも喫茶店自体に寄りつかない。茶を飲みたければ自分で淹れる主義だ。

ハーブティーの味は最低だが、店内の雰囲気は悪くなかった。音楽の代わりに、川がせせらぐ音を流している点は特に高く評価してもいいだろう。

時計に目をやった。午後九時を少し過ぎている。もっと早くくるつもりだったが、交通事故の処理が一件入ったため、予定していた時間を過ぎてしまった。

いわゆる社内メール、庁内メールの類が警察にもある。

――【寮の近くに『ディアンサス』っていう喫茶店があるだろ。そこへ九時ごろ行ってみろ。たぶん面白いものが見られる】

そんな手書きのメモが封筒に入って届けられたのは、夕方になってからだった。

カウンターに背を向け、観葉植物の陰になる席でこうして待っているが、まだ何も起きなかった。

疲労と眠気だけが深くなっていく。

一人の客が入ってきたのは、目蓋を閉じかけたときだった。

コンパクトを開き、鏡に客の姿を映してみる。

カウンター席に座ったその背中には、はっきりと見覚えがあった。短髪にこめかみの下の傷。今日の昼間に取調室にいた男、平池に違いなかった。

もう一人、別の客が入店してきたのは、それから五分ほどしてからだった。その客――布施が座った席は、平池のすぐ隣だった。

――【平池という男は町のチンピラだ。やつの頬に傷があったはず】

カウンターの下で、布施は平池に何かを手渡した。何やら会話をしているようだが、ここまでは声が届かない。

――【布施主任の手にも同じような傷がある。同じ傷は、二人に繫がりがあるというサインだ。以前、主任が平池を逮捕しに行ったとき、平池は刃物を持っていた。格闘になり、その刃物で二人とも怪我（けが）をした】

何度も頭を下げる平池の背中を一つ軽く叩いてから、布施は出て行った。席に着いていた時間は一分にも満たなかったはずだ。

――【グルになって何か企むほど仲がいいサツ官と情報屋の間には、たいてい共通点がある】

少し息が苦しかった。あいつからだいたいのことは聞かされ、心の準備が出来ていたはずだが、いざ現場を目の当たりにしたいま、拍動がこうまで強くなっている。

少しでも気を落ち着けようとしてか、もう飲むまいと誓った味のハーブティーに、つい二口目の手が伸びていた。

5

女に生まれたことを恨むのは、往々にして非番の日だ。外反母趾になったら足が遅くなり、成績に響く。それが分かっていながら、先の尖ったハイヒールを履きたくてしょうがない。

街を行く男たちが羨ましかった。あんなふうに、薄汚れたスニーカーで人前を平然と歩ける神経を持っていたら、どんなに楽だろうか。

警ら中の耕史とまた出くわしたのは、広福屋デパートを目の前にし、大通りで信号待ちをしているときだった。彼の斜め後方には今日も水谷が控えていた。

「ホシは挙げられそうか？」

耕史は周囲の雑踏を見渡しながら、まるで独り言のような口調で訊いてきた。

「何のこと？」

「とぼけんなって。強請り屋殺しの犯人を挙げるつもりだろ。おまえがこのデパートから見当たり捜査をしていることはとっくに知っている」

早く信号が青にならないかと祈った。

「六階あたりのトイレだろ。あそこの窓からだったら、カメラ屋の前がよく見通せるからな。周囲のビルも邪魔にならず、かつ、地上からあまり高すぎもせず、現場付近一帯が観察できる格好の場所だ」

耕史が言い終わらないうちに信号が変わった。言い当てられた悔しさを悟られないよう、史香は横断歩道を早足に渡った。

店内に駆け込み、しばらくのあいだ、階段の踊り場に設けられた椅子に座っていた。

その店内アナウンスがあるまで、どれぐらい待っただろうか。

《堂内町(どうない)よりお越しの百瀬(ももせ)さま、八階レストラン街までお越しください》

史香はトートバッグを開け、中からランニング用のシューズを出した。ハイヒールからそれに履き替え、八階に向かう。

レストラン街を歩きながら、各店舗の食品サンプルを眺めた。だが、結局はどこの店にも入らずにエスカレーターで七階へ移動した。

広福屋デパートの七階では、時計や文具のほかに、健康用品を扱っている。寮の自室でいつもトレーニングに使っているのと同じ三キロのダンベルがあった。試しに持ってみると十キロほどにも感じられた。

眼鏡売り場で金色のチタンフレームを目にしたとき、頭に浮かんだのは、布施がスーツの襟を整える姿だった。

昨晩、喫茶店で彼が平池に渡したのは金に違いなかった。協力してもらった謝礼を支払ったのだ。

あの取り調べはすべて芝居だった。布施は最初からこちらをターゲットにしていた。真っ先に臨場した巡査が、あの現場で何か摑んでいるのではないか──そう睨んで。

自分は見事に嵌められたわけだ。演技に騙され、秘密にしていた情報を──被害者が野次馬の一人を指さしたことを喋ってしまった。

布施の老獪さに対し、こちらは現場で見かけた男の人着について嘘をつくのが精一杯だった。

六階、五階と売り場を回ってから、四階の婦人服売り場へ降りた。

土偶のような目をした私服警備員を見つけたのは、夏もののバーゲンコーナーを通り過ぎたときだった。

今日は黒いライダーズジャケットを着ている。顔には、わざとだろうが無精髭(ぶしょうひげ)を生やしていた。いわば強面(こわもて)のスタイルで、年配の客が多いこの店内では目立ってしまっている。覆面の警備員としてはどうかと思われる格好だ。いつも同じ服装でいたのでは務まらない仕事だから、しかたがないのかもしれないが。それにしても、毎度の衣装が自前だとしたら経費も馬鹿にならないだろう。

そんなことを考えているうちに、また互いの目が合ってしまった。

どうにもバツが悪い。その思いは相手も同じだったようだ。視線がぶつかった次の瞬間にはもう、警備員の男は、例の素早い身動きで通路の曲がり角に姿を消していった。

その後、各フロアを一通り歩いた。

足を止めたのは一階のアクセサリー売り場に来たときだった。

そこで安物のネックレスを手にしていると、背後から声をかけられた。

「これ、わたしに似合いますかね」

振り返ると、初老の男がスタンドミラーの中からこちらを見ていた。狭い通路を挟んで向こう側は、紳士用の帽子を扱う店になっている。

男は頭に載せた黒い鳥打帽(キャスケット)を指さして、これ似合いますかね、と同じ質問を繰り返した。

「形が気に入ったんですが、色がどうも地味すぎると思いませんか。わたしはもう歳ですが、明るい色と派手な模様が好きなんですよ」

鏡を介して微笑んでやった。すると男は、スタンドミラーの足元に置いてあった古びた帽子を手に取り、大事そうに撫で始めた。

「いままで被っていたのが、これです」

明るい茶色のチェック柄で、エッジの部分に、ぐるりとピンク色のラインが入った帽子だった。

「これがわたしのトレードマークでした」

「そっちも似合いますよ」

「ありがとう。——わたしの本当の名前は江原というんですが、この帽子のせいで、人から違う名前で呼ばれているんですよ。何という名前か、分かりますか」

「いいえ」

「百瀬です。ピンク色のラインだから、桃色の線。そこから転じて百瀬。……まったく、人の大事な名前をなんだと思っているんでしょうね、このデパートの連中は」

史香は男に背を向けた。

「では、この二つのうち」男は構わず言葉を連ねてくる。「どっちが似合いますか」

さあ。首を振り、史香は手にしていたネックレスを元の位置に戻した。

「分からない、とおっしゃる？」

「ええ」

「変ですね。お嬢さん。わたしはてっきり、あなたはどんな商品にでも精通している方だと思いましたがね。だって何しろ、八階からこの一階まで、全ての売り場をぐるりと歩いてきたぐらいですから」

立ち去ろうとしたが、トートバッグの把手を摑み損ねた。バッグは床に落ちた。

「それとも、もしかしてあなたが追いかけていたのは商品ではなく、このわたしでしたか、陶山巡査」

バッグを拾い上げる自分の動作が、ひどくもどかしかった。

「わたしは仕事柄、みんな覚えていますよ。交番にいるアヒルさんの顔はね」

アヒル――それは制服巡査を意味する符丁だ。自虐的な言葉だから、どこの署でも交番でも、使う者は滅多にいない。

「お嬢さん、あなたがいまいるのは、藤倉駅前の交番ですよね」

バッグの把手を摑み、史香は小走りに建物から外へ出た。

このデパートのアナウンスには、自分に符丁がつけられる前から、興味を持っていた。これはいつか点数稼ぎに使えるな、と考えていた。

《堂内町よりお越しの百瀬様》が、万引き常習犯の江原を指すことは、すでに摑んでいた。ほかにも《天満町からお越しの馬場さま》や、《芝山町からお越しの堀田さま》など、自分が知っている範囲では、このデパートが要注意人物としてマークしている人間は十人ばかりいた。

今日はたまたま江原の名前がアナウンスされた。何か盗んで建物から出たら、現行犯で手錠をかけてやろうと、靴を履き替え、尾行を続けた。しかし江原は結局、商品にはいっさい手を出さなかった。

何やら騒がしい声がしたのはそのときだった。方角は、たぶんデパートの裏手だと思う。通行人がみな、そちらの方向へと駆け出していくから間違いないだろう。

史香も人の流れに従った。走りながら頭の中に十手（じって）や刺股（さすまた）といった道具を思い浮かべたのは、

——捕り物だよ。

誰かがそんな言葉を口にしたせいだった。

デパート裏手にある駐車場の前には、すでに人垣ができていた。輪の一番外側で背伸びをしてみる。

アスファルトの地面に、一人の男がうつ伏せの状態で組み敷かれていた。馬乗りになって取り押さえている制服の警官は耕史と水谷だ。水谷の右手に握られた黒い手錠が、午後の陽光を反射し白金（はっきん）のような輝きを放った。

耕史がこっちに手を伸ばしている。

「電話っ。持っていたら貸せっ」

見ると、耕史の肩についているはずの無線機がなくなっていた。乱闘の際に、男の手で毟り取られてしまったらしい。

慌ててトートバッグから携帯を取り出すと、耕史の手が、ひったくるようにしてそれを摑み去った。

おそらく通話の相手は秋葉だろう、早口で状況を報告する耕史の傍らで、水谷が組み敷いた男に手錠をかけた。

6

立ち止まって、手袋を左右とも外した。

しゃがみこみ、歩道のタイルに腰を落とす。コートを通して背中に感じる冷たさは、すでに真冬のものだった。

仰向け(あおむ)に寝転がり、手の甲を歩道につけた。そこから手首、腕、そして肩へと、夜の冷気が忍び足で這(は)い寄ってくる。

見上げた空には星。左に目を転じればカメラ屋の看板。

右には通行人だ。みな心配げというよりは不審げな表情だった。どの顔も、なぜか夜の海を泳ぐ魚のように見えた。

具合が悪いんですか。

大丈夫ですか。

救急車を呼びましょうか。

かけられたどの言葉にも同じ台詞を返してやった。

「ほっといて」

史香は寝転がったまま、横に伸ばした右手を少し持ち上げ、さらに人差し指をぐっと伸ばしてみた。

いま、その先にいたのは女だった。ポンチョのような形をしたコートを着ている。二十四、五歳といったところか。指をさされたせいか、滑稽なほどうろたえている。

だが、自分がいま意識を向けているのは、たまたま通りがかっただけの女ではなかった。彼女の背後にあるものに対してだ。

明かりの消えたビルは、夜闇の中で、昼間の倍ほどにも大きく感じられるものだ。広福屋デパートの建物も、その例外ではなかった。

ついさっきまで開かれていた祝賀会の喧騒が耳朶に残っている。広福屋の私服警備員――遮光器土偶のような細い目をしたあの男に職質をかけ連続ストーカー事件の犯人として逮捕した水谷とともに、表彰された。

いつの間にか、自分がストーカー犯を百貨店の雑踏から燻り出した功績を担ったことになっていた。

体が勝手に震えた。ついさっき歩道のタイルから吸収した冷気が、いまになって体の芯の部分に到達したらしい。

わたしがあの警備員にマークされていると思っていた。だが逆だった。

こっちは江原を追っていた。だが警備員はわたしに追われていると勘違いしていた。前からそうだったのかもしれない。目が合うといつも逃げ出していた、デパートの外まで逃げていたのではないか。

どてらの痩せた男はまだ見つからない。

史香は立ち上がった。人だかりを振り払うようにしてその場を離れる。二、三人がなおも大丈夫かと声をかけてきたが、無視して独身寮を目指して歩き出した。

第三話　伏線

1

　目の前に置かれた白いチョークは、定規で測ったように、ちょうど真ん中から二等分されていた。

「マイナス十点ですよ」折れたチョークをセロハンテープで繋ぎながら、生活相談員の霜山が口を開いた。「施設の器物を損壊したら」

「はあ」

　これで何度目だろうと思いながら、戸柏耕史はもう一度頭を下げた。

「もっと問題なのは、他人に向かって投げたということです。標的になったのが職員のわたしだからよかったものの、もしこれがほかの入所者に当たっていたら大変でした」

　また首を垂れながら、はあ、を繰り返した。間抜けだな、と思いながらも、ほかに応答のしようがない。

頭を上げるついでに、今度は周囲の様子を窺ってみた。隅のテーブルから見る談話室は、チョーク投げの騒ぎなどなかったように、もう落ち着きを取り戻している。

うるさいのは隣にいる祖父の源太郎だけだった。指先に白い粉をつけたまま、まだ何事かをぶつぶつと呟き続けている。

注意して聞いてみると、

——遅刻は月に三回までしか認めん。

——黒板は毎日水拭きしておきなさい。

——寄り道をするんだったら図書館にでも行かんか。

呟きはやはり、どれも教師の言葉だった。

なぜだろう。いま源太郎は、耳にポータブルプレイヤーのイヤホンを装着している。ならば彼の口から出てくるものは『方丈記』の一節であるはずなのだが。

霜山の小言が小休止に入ったようだった。そのタイミングを捉え、耕史は源太郎の耳からイヤホンを外し、自分の耳に差し込んでみた。

《知らず、生れ死ぬる人……いづかたより来たりて、いづかたへか去る。……また知らず、かりのやどり……》

所々で区切りながら朗読する和歌子の声は、はっきりと聞こえている。念のため、いったん停止をかけ、冒頭から再生してみた。

《いい？ お祖父ちゃん。わたしの言った言葉を繰り返してね。じゃあ始めます。——行く川の流れは絶えずして……しかももとの水にあらず……よどみに浮ぶうたかたは……》

プレイヤーにしてもCDにしても、どこにも異常はないようだ。

イヤホンを耳に戻そうとしたとき、源太郎と視線が合った。

「何か用かね、級長」

言って源太郎は心持ち顎を上げた。見下ろされる形になりながら、耕史は一つ溜め息をついた。

「祖父ちゃん、おれは耕史ですよ。級長じゃありません」

「何を言っておるか。きみは級長の戸柏くんだろ」

違いますって、の声はやはり相手の耳に届かなかった。

「戸柏くん、わたしはいま、霜山くんに手を焼いていたところだ。彼は先ほどから無礼な口ばかりきいているんだよ。教師に向かって『静かにしろ』だの『出て行ってもらう』だのと、実にけしからんのだ。少し懲らしめてやったが、一応、きみからも注意してやりたまえ」

このやりとりを白けた顔で眺めながら、霜山が目の前にあるノートパソコンを開いた。

「戸柏さん、これを見てください」

霜山は慣れた手つきで、液晶画面をくるりとこちらへ向けた。

「源太郎さんは『歩く規則違反』とでも言える存在です」

今日、十回目ぐらいの「はあ」を口にした。

「今月は『騒音や奇声を発すること』でマイナス二十点。『所定の場所以外において飲食をすること』でマイナス十点。『職員に無断で外出すること』でマイナス十五点、『その他の迷惑行為』でマイナス三十点がついています」

液晶画面の中には、いま霜山が言ったようなことが、表となってまとめられていた。

「……恐縮です」

「自分をいまだに教師だと信じ込み、かつ施設の職員を生徒だと思い込み、予定表の黒板からチョークを掴んで投げつける。――そんな違反は規則にありませんが、当然のことながら『その他の迷惑行為』には含まれます。ですから、今朝の行状でさらにマイナス三十点が加算されたわけです」

「どうお詫びしていいか……」

「こちらも人手不足なので、こういう通所者には、非常に手を焼いているんですよね」

「……申し訳ありません」

「知っておいていただきたいのは、源太郎さんには今月、もう後がないということです。リミット一杯まで違反点数が溜まってしまっていますのでね。ですから、もし今日中に何かあと一回でも迷惑行為をしたら」

さようなら、というように手を振ってみせた霜山の顔は、どこか満足げだった。いや、誇らしげと言い換えた方が正確か。

誰かを退所させ、新たな顧客を迎え入れれば、契約金の分だけセンターの収益が増えるはずだ。通所者の首切りは、上層部から奨励されているのかもしれない。

退所処分とは非情と言うほかないが、反論はできなかった。

デイサービスセンター『寿花苑』の管理規則集には明記してあるのだ。【著しく介護に手間のかかる利用者には、施設側が通所を断ることができる】と。この点は、源太郎を通わせる前に念を押されていたところだし、誓約書にサインもしている。

源太郎がこのセンターを追い出されたら、他を探さなければならなくなる。その労力は馬鹿にならない。せっかく刑事見習いに抜擢されたこのタイミングで、仕事以外の手間にエネルギーを取られたくはなかった。

「今日は月末ですよね」

頭を抱えたい気分を抑えつつ言うと、霜山は、だから？　と片眉を上げてみせた。

「すると違反の点数は、今日さえ何事もなく乗り切れば、リセットされるんですね」

「まあね」

ならば大事をとって、今日はもう源太郎を家に連れ帰った方がいいかもしれない――そう考えながら、耕史は目の前にあるノートパソコンに目をやった。

職員が使用するために、このテーブルに常設されているパソコンだった。自分が自宅で使用しているものとまったく同じ商品だ。この機種なら、液晶画面の上部にウェブカメラと内蔵マイクがついている。源太郎の居室に設置しておけば、彼の様子を携帯電話でモニターできるから、一人にしておいても問題はないかもしれない……。

「繰り返しますが、我々も最少の人数で運営していますんでね」

話と一緒に、霜山がノートパソコンの向きを元に戻した。

「こう頻繁に問題を起こされたら対処しきれないんですよ」

「ごもっともです」

「源太郎さんがこれ以上、規則を破らないように、お孫さんのあなたが家族として何か手を講じてください。わたしは今日の午後から異動でいなくなりますが、引継ぎの職員が目を光らせていますので、そのつもりで」

携帯が鳴ったのは、また霜山に「はあ」と応じた直後だった。

《いまどこだ》

その場で開いた端末が発したのは布施（ふせ）の声だった。

「『寿花苑』です」

早口で答えてから、通勤途中に呼び出しを食らった旨をもっと早口で付け足した。

《予定どおり来られるか》

「大丈夫だと思います」

霜山の手前、その返事はずいぶんと小声になった。

《よし。いいか、行確の場所を変更するぞ。まっすぐ合田の住居前まで来い。おれはそこで待ってる。四号車だ。午前九時半までには来い。遅れるな》

四号車。ダークグリーンのセダンだ。メーカーがトヨタであることは覚えているが、車種が出てこない。

まだ新米だなと自覚しながら「了解しました」と応じ、時計に目をやった。ちょうど午前九時だった。

電話を切ると、霜山が睨んでいた。

「戸柏さん、そこから廊下が見えますか」

「ええ」

「じゃあ、その先に何がありますか」

公衆電話が一台設けられている。そのとおり口にした。

「何のためにあると思います、あれ?」

「……失礼しました」

この施設内では携帯電話の使用が全面的に禁止されている。知っていながら規則を破ったのは、少し焦り始めているせいだと思う。刑事課に移ってからまだ犯人逮捕の実績はない。

「携帯使用の違反はマイナス十五点です。あなたが源太郎さんだったら、もうここから追い出されていました」

　そのとき、霜山の隣に七十年配の老人が一人座った。野村六郎だ。

　野村は机上のチョークに手を伸ばすと、霜山がテープで修復したばかりのそれを、また二つに折り、一片を霜山が身に付けているエプロンに向かって投げつけた。ちょ、ちょっと。唇を尖らせながら霜山は、自分と床の角度が四十五度になるまで上半身をのけぞらせた。

「何をするんですか。野村さんにもマイナス三十点を付けま――」

「邪魔なんだよ。さっさと失せな。この新米刑事と話があるのは、てめえだけじゃねえんだ」

　野村がもう一片のチョークを手に、また投げつけるモーションをしてみせると、霜山が慌てて椅子から立ち上がった。

「あんたが隣町のセンターへ異動になるってんで、こっちは清々したぜ。二度とここへ顔を出すんじゃねえぞ」

　霜山は一つ舌打ちをすると、パソコンの画面を開いたままにし、事務室の方へ退散していった。

ありがとうございます、とはっきり言うべきかどうか分からなかった。とりあえず耕史は、野村に向かって目で礼をした。額に何かがぶつかったのを感じたのは、そのときだった。

目を開けると、野村の手からはチョークが消えていた。それは、こちらの額に当たったあと、いま自分の膝の上に転がっていた。

「あんたにも文句があるんだよ、新米。いったいどうなってんだ、捜査の方は？」

「……進めています」

「そんな答えは要らねえんだって。犯人はいつ捕まるかって訊いてんだ」

「はっきりとは申し上げられませ――」

「おいおい。早く仇を取ってくれなきゃ困るぜ。あれ以来、うちの娘は怖がって眠れねえありさまなんだからよ」

「すみません」

ここまで謝ってばかりの日というのも、最近ほとんど記憶になかった。

「ったく、もたもたしやがって。事件が起きてからどんくらい経つと思ってやがんだ」

まだ一か月だ。ベテラン世代が大量に退職し、捜査力が低下したいま、別段、呆れられるほどの期間ではないはずだ。

耕史は上目遣いに野村を見やった。

「もうホシのアタリはつけてあります。明日にでも捕まえますよ」

被疑者は合田恒広。かつて防犯システムのメーカーに勤務していたが、競馬にのめりこんで身を持ち崩した男だ。金に困っている。前科はないが、動機は、電子ロック解除の技術と一緒にしっかりと持っている。

「調子のいいことばっかり言うんじゃねえ」

本当に明日、アリバイ崩しが完了し次第、合田を逮捕するつもりなのだが、それ以上は黙っていることにした。いくら相手が当該事件の被害者だといっても、一介の下っ端刑事が迂闊に捜査情報を口にすれば、あとで上からドヤされないとも限らない。

代わりに訊いてみることにした。

「野村さん、ついでのような形で申し訳ありませんが、もう一度お答え願います。ご自宅の玄関錠についてですが、暗証番号を他人に漏らしたことはなかったんですね」

しつこいな、とボヤきつつも、「ねえよ」とはっきり答えた野村は、二十年前まで警察署の近くで仕出し弁当屋を営んでいた。昼時になると刑事課にもよく出入りしていたというから、捜査の内情にも少しは通じているのだろう。刑事は何回でも同じ質問を繰り返すものだと心得ているようだ。

「あの電子ロックを施工するよう業者に依頼したのは、娘さんでしたよね」

「そうだよ」

「野村さんは、暗証番号を娘さんから口頭で教えてもらった、と」

「ああ。あいつがここへ差し入れに来たときにな」

「そのやりとりがあったのは、どの場所でしたか？」

「そこだよ」野村はこちらへ向かって角張った顎をしゃくった。「いまあんたが座っている席だ」

「そのとき周囲には誰もいなかったんですね」

「そうだ、いなかった。盗み聞きしたやつなんざ、誰もいなかったんだ。そいつは誓って間違いねえ」

　ならば、犯人はやはり合田以外に考えられない。

「ところでよ、新米。これからどうするつもりなんだ？」野村は視線を源太郎の方へ移した。「元国語教師の祖父さんを」

「これ以上問題を起こす前に、家に連れて帰ります」

「そいつがいいかもしんねえな。――で、家には、誰か面倒を見てくれる人がいんのかい」

　首を振ると、「馬鹿野郎が」と怒鳴られた。

「八十過ぎの老骨(ろうこつ)だぜ。万が一のことがあったらどうすんだよ、この恩知らず」

　また謝る羽目になった。どうやら、母の美佐子(みさこ)が病院から帰ってくる時間まで、源太郎をこのセンターにいさせるしかなさそうだ。

「仕事なんか放っておけ。祖父さんがいての孫だろうが」

「……おっしゃるとおりです」

「しかし源太郎さんは、なんでまた現役時代に戻っちまったんだ？　今朝になっていきなりよ。この一週間ばかりは、じっとおとなしく座って『方丈記』とやらを唱えていたんだがな」

「飽きたんでしょう」

和歌子の喋る言葉を聞かせておけば、源太郎はそのとおりに繰り返す。だから、教師だったころに返ってチョークを投げる、などといった粗野な振る舞いをすることはない。

その暴挙に出たということは、和歌子の話す内容が耳に入らなくなってしまったということだ。なぜ耳に入らなくなったのかと言えば、繰り返し聞いているうちに、その言葉がもはや〝すっかり見慣れきった風景〟と化してしまい、意識に上らなくなってしまったからに違いない。

「無理もねえや」野村は少し舌を湿らせた。「よどみに浮ぶうたかたは、かつ消えかつ結びて久しくとどまることなし。世の中にある人とすみかと、またかくの如し……。おれでも覚えちまったぐらいだからな」

野村がその場所から去ると、耕史は持っていたセカンドバッグを開けた。中から取り出したのは一枚のCDだった。

続いて、源太郎が腰に巻いているウエストポーチのジッパーを開いた。そこに収まっているCDプレイヤーの蓋も開け、『方丈記』のCDと新しい方のそれとを交換した。

源太郎に聞かせる前に、もう一度、ちゃんと再生できるかチェックしてみたところ、和歌子の声は問題なく聞こえた。

耳にイヤホンを差し込んでやると、ほどなくして源太郎が口を開いた。

「千里に旅立ちて路粮をつつまず……三更月下無何に入るといいけん……」

2

最近は携帯の震え方で相手が誰なのか見当がつくようになった、というのは気のせいだろうか。いずれにせよ、私用、との閃きを得てから端末を開いた。

モニターには「公衆電話」と表示されている。

直感が当たっていたのかどうか。判然としないまま通話ボタンを押した。

「……そうですか。分かりました」

それだけを言い、すぐに切ると、

「また用事ができたか?」

覆面パトカー四号車の運転席から、布施が訊ねてきた。ただし彼の尖った鼻先は前方にあるアパートに向けられたままだ。

「いえ、別に。大丈夫です」

「祖父さんの様子はどうだったんだ？」

「『雨』でした」

源太郎の状態は日によって異なる。正気を取り戻し、普通にコミュニケーションが成立するときは「晴れ」。和歌子の声を聞き、それを自分の口で繰り返しているだけのときは「曇り」。センターにおいては、そんな言葉で表現されていた。「晴れ」でも「曇り」でもない場合が、傘の必要な天気だ。

「そうか。何にしても仕事が第一だ。刑事には家庭なんざないと思えよ」

「承知しています」

耕史は尻の位置をずらし、姿勢を整えた。合田が少しでも逃亡する素振りを見せたら、飛び出して職務質問をかける手筈になっている。

「おいっ」布施がいきなり肘でこちらをつついてきた。「見ろ。あの黒いジャンパー」

「どこですか」

「あそこだよ」フロントガラス越しに布施が指差したのは、南の方角だった。「やつじゃないのか」

「どうでしょうか。アパートから出た様子はありませんでしたが……」

「追え」

躊躇していると、また布施につつかれた。

「何もたもたしてやがる。やつだよ。合田だ。飛ばれちまうだろうが。行けって」

耕史は助手席のドアを開けた。

「いいか、今日は戻ってくるなよ。ずっとやつに張り付いていろ」

その声に押されるようにして車から降りた。布施の指差した方角を目指し、走る。大通りから一本それた細い裏道だった。視界の中に通行人は数えるほどしかいない。そして黒いジャンパーの男など、どこにもいなかった。

大通りの方へ折れたところで、耕史はまた携帯を取り出した。

『寿花苑』にかけ、いましがた公衆電話から連絡をよこした野村を電話口に呼び出してもらった。

「さっきは失礼しました」

そうですか。分かりました。二言だけで済ませてしまった無愛想を、まずは詫びた。

《気にするねえ》

「いなくなったのは、いつごろですか」

《十分ぐらい前だ》

「服装は、今朝と同じですよね」

《ああ。背広に赤いネクタイ。それと、お気に入りのパナマ帽も忘れず被っていたようだぜ。職員たちは、まだ気づいちゃいない。霜山もな。早く探した方がいいぞ。無断外出は……マイナス何点だった？》

「十五点です。――分かりました。大丈夫です。行き先の見当はついていますから」

もう一度礼を言い、いったん通話を切った。

源太郎の徘徊先なら、六日町か駅前のどちらかだ。

前者と見当をつけ、古巣の六日町交番に駆け込んだ。そこで勤務していた水谷に頼み、彼が通勤に使っている私用の自転車を借りた。

サドルにまたがり、また次の連絡先に携帯からかけようとしたとき、水谷が慌てた様子で声を投げてよこした。

「電話しながらの運転は違反ですよ。先輩を逮捕しなくちゃいけなくなりますから、やめてください」

「大目にみろ」

「わたしはそうしますけど、他の交番にいる連中に見つかったらアウトですよ。これを使ってください」

水谷は机の抽斗を漁り、中から黒いコードを探し出すと、こちらへ手渡してよこした。

携帯電話をハンズフリーにするためのイヤホンらしい。見た目は、源太郎に使わせている音楽プレイヤーのものとほとんど同じだった。

「どうやって使う？」

「携帯に差し込むだけでオーケーです」

「おれはどこに向かって喋りゃいいんだ？」

送話口に相当する装置が見当たらなかった。

「オンとオフを切りかえるスイッチがあるでしょう。そこにマイクが内蔵されています」

見ると、コードの途中にラグビーボール型のプラスチック部位があり、小さな穴が一つだけ開いている。この穴が声を拾うようになっているようだ。

「これ、ポータブルプレイヤーにも使えるか」

「アダプターがあれば」

「あとで何か奢ってやる」

駅前交番の番号を押してから、端末を胸のポケットにしまい、耕史は自転車を漕ぎ出した。

「沢津橋中央、刑事課の戸柏です」先方の受話器が上がった気配を察知すると同時に、耕史は勢い込んだ。「姉をお願いしますっ」

《もっとゆっくり喋ったら？》

応答したのは和歌子の声だった。
《それに、怒鳴らなくても大丈夫。ちゃんと聞こえているから》
そう言われても、少し離れた位置にぶら下がったマイクにまで、ちゃんと声が届いているかどうか不安だった。耕史はボリュームを大に保ったまま、源太郎が『寿花苑』から消えたことを告げた。
《ちょっと待ってよ。耕史、あんたこそ、どこにいるのさ》
「六日町だ。自転車を借りて捜索に向かっているところだ。祖父ちゃんは、たぶん、この近辺だと思う。そうじゃなければ駅前だ」
《探索機を着けていなかったの》
「ああ。バンドが蒸れるから嫌がるんだよ。――なあ、姉さんの方でも、近くを捜してみてくれないか」
《無理だよ。いま目の前に山積みなんだから》
「何が」
《遺失物届》
「書類なんか後でいくらでも書けるだろ。巡回に行くとか上手(うま)いこと言って、出て来られないか」
《あんただってよく知ってるでしょうに。交番勤務のアヒルさんが、そんな勝手を通せる

はずないって》
「なんとか抜け出せるだろ。ついでに、いまから休みを取ってくれ。今日はセンターで祖父ちゃんの相手をしてほしいんだ」
おとなしくさせておかなければ、退所処分が待っていると告げた。
《公務の時間を、自分の家族のために使うわけ。それって税金泥棒じゃないの》
「いつからそんなに頭が固くなったんだよ」
《あんたこそ、いま『数字破り』の犯人を追いかけているところなんでしょ。そんな大事な仕事、ほったらかしてどうするの。先輩に怒られるでしょ》
「大丈夫だよ。今日はもう戻ってくるなと言われてる」
そう応じて、布施の顔を思い浮かべた。組んでから三か月、ようやく阿吽の呼吸というやつが分かりかけてきた。
意外な計らいだった。布施はもっと冷酷な男だと思っていた。実際にはいない「黒いジャンパーの男」を追えと命じ、無言で「家族を大事にしろ」の意を伝えてきた強行盗犯係の先輩刑事は、そういえば三児の父親でもあったはずだ。
《そもそも、お祖父ちゃんは、どうして外へ出ちゃったのよ。『方丈記』があったはずでしょ。ちゃんと聞かせておいたの？》
「ああ。だけどもう飽きたんだ。だから別のＣＤに替えてきた。だってのに、それでもいなくなっちまったんだよ」
《何なの、別のCDって》
「芭蕉(ばしょう)の『野ざらし紀行』だよ」
《紀行？　そんなのを聞いたら、外に出たがって当然じゃない》
言われてみれば、そうかもしれない。だが、ほかに録音のストックがなかったのだから
しかたがない。その点は和歌子も承知しているはずだろうに。
《もう。どうして、もっと違う古典を選ばなかっ――》
和歌子の声が急に押し黙った。
耕史もまたしばらく沈黙したあと、静かに言葉を発した。
「ナシ」
《……え？》
「ナシ」
《何の話？》
「合言葉だよ。ナシの下を言ってみな、姉さん」
また受話器の向こう側が沈黙した。やがて、
《そりゃあバレるよね、あんなこと言ったら。録音したのが和歌子さんなんだから》
陶山史香(すやまふみか)の声に悪びれた様子はなかった。

《だけど耕史も間抜けだよ。刑事のくせに、最初に合言葉を忘れるなんて。その調子だったら、このまま見習い止まりかもね。――で、ナシの下は何なの》
教えるか。
「こっちは緊急なんだ。早く姉貴に代われ」
《和歌子先輩はいないよ。会いたかったら第一小学校へ行ったら。そこで防犯指導をしているはずだから。夕方までかかるって》
「じゃあ、史香。おまえでもいい」
時計を見ると、まもなく十一時になる頃だった。
「今日はいまから非番だったよな。捜索を手伝ってくれ」
《どうしてそんなに焦ってるの》
「職員にバレる前に見つけたいんだ」
《職員って、減点主義の霜山さんのことでしょ》
「知ってるのか」
《あのセンターはわたしの巡回ルートだからね。しょっちゅう立ち寄ってるよ。野村さんの家が、電子ロックを破られてノビの被害に遭ったってことも、詳しく聞いてるし》
「そんな話は後だ。とにかく祖父ちゃんを捜してくれ」
《そんな話こそ後回しでもいいでしょう。このへんで、ちょっと一休みしたら》

胸ポケットの携帯を史香だと思って睨み付けた。
《わたし、最近、もう一つ声色をマスターしたんだけど、聞いてみない？　これも耕史がよく知っている人の声だよ》
「おい、いつまでふざけるつもり――」
《きみはまた仕事をさぼっておるのか》
こちらの言葉に割り込んできた声は、年老いた男のものとしか思えなかった。そしてたしかによく知っている人物の声でもあった。
「おまえ……凄いな。どうやって喋ってる？」
《おまえとは何だ。失礼ではないか》
怒った口調も、源太郎を完全にコピーしている。
「ボイスチェンジャーでも使っているのか」
いくら声色の達人といえども女なのだ、機械にでも頼らなければこんな声を出せるはずがない。
《ぼいすちぇ……？　きみは日本人としての誇りを持っておらんのか。外国の言葉を安易に使うのはやめたまえ》
「分かったよ。たくさんだ。そっちこそ、もうやめろ」
《今度はやめろときたか、この若造が。どこまで無礼な口をきけば気が済むんだ》

ここで耕史はペダルを漕ぐ足を止めた。どうやらまた史香に担がれたようだ。

3

「耕史くん……それでは次に……今年に入ってからの……事件について……教えてくれないか」

何秒か時間をおいてから、源太郎は続けた。

「この前は……ストーカー事件の犯人を……捕まえたって……いうじゃないか。……それは……なかなかの……手柄……だったね」

まあ、と頭を掻いてみせる。「実際に職質をして手錠をかけたのは、後輩の水谷巡査なんですけど」

「犯人は……どこに潜んでいた？」

「デパートです。普段はそこで警備員をしていました」

「どうやって……捕まえたのかね」

「燻り出し、とでも言ったらいいでしょうか。外におびき出したんです」

「その功績で……きみは……刑事に……推薦されたわけか」

「そうです」

「じゃあ今度は……いま抱えている事件について……教えてほしい。……刑事見習いとして……強行盗犯係に配属されたきみは……いま……『数字破り』の犯人を……追いかけている……最中なんだって？」

このやりとりを聞きつけたセンターの職員が一人、そばにやってきた。笑顔で、傘を畳む仕草をしてみせる。

「容疑者は……錠前メーカーの……元社員らしいね。……すると……身に付けていた……技術や知識を生かし……何か特殊な機械でも使って……野村家のロックを……破ったわけか」

施設から源太郎が消えていたのは三、四十分間ほどに過ぎなかった。センターの職員は誰も気づいていないようだ。

駅前交番に保護されていた彼を引き取り、この談話室にそっと連れ帰ったあとは、こうして今朝と同じ椅子に並んで座り、会話を続けていた。警察官を拝命して以来の体験談を延々と口にしている。いい加減、喉が痛くなってきたところだった。

「しかし野村家の機械に……こじ開けられたりした形跡は……なかったというじゃないか。……だとしたら……ズバリ暗証番号を知っていた人間の……犯行と見た方が……自然じゃないのかな？」

耕史は源太郎の横顔に口を寄せ、声を潜めた。

「野村と娘以外に、暗証番号を知りえた者はいない。となれば容疑者は合田しかいないだろ」

「わたしなりに……推理して……辿り着いた……真犯人が……いるのよ」

源太郎が口にした言葉に、近くにいた職員と老人が一斉に振り返った。みな一様に目を丸くしている。

「出すぎた真似だけど……もう布施主任に……話しちゃった」

耕史は愛想笑いで周囲の目をごまかしつつ、源太郎が耳から垂らしているラグビーボール型のマイクを指で摑んだ。

「それぐらいにして、もう黙れ」

ＣＤのストックが尽きた以上、源太郎におとなしくしてもらうには、携帯電話で和歌子の声を聞かせるぐらいしか手はないと判断し、史香の協力を取り付けたまではよかった。

だが、

――わたしは古典の朗読なんてうんざり。それより、お祖父ちゃんが「晴れ」たところを、たまにはみんなに見せてあげたら。

彼女に提案され、それをつい呑んでしまったことについては、間違いだったかもしれない。守秘義務というものがあるのだから、小声での会話とはいえ、オープンな場所で自分が取り扱っている事件について喋るのは、どう考えても問題だ。

「『数字破り』の犯人は……別にいるの」こちらの反省をよそに、源太郎の口を借りて史香は続けた。「実を言うとね……いま逮捕に……向かっているところ」

直後、耕史は談話室の入り口に霜山が立っているのを見た。

この施設にいないはずの霜山が、まだいた。目が完全に吊り上がっている。息も相当荒くしているようだ。肩が大きな幅で上下していた。

目を見開いたまま、大きな歩幅で霜山が近づいてきた。

耕史は椅子から腰を浮かせた。「すみません」

その言葉は、しかし、相手の背中に向かって言うことになった。霜山はテーブルにいつも置かれているノートパソコンを小脇に抱えるや、出口に向かって駆け出していた。

《どうしたの。誰に謝ったの》

耕史は談話室を出て、人気のない場所で携帯を耳に当てた。

「なんでもない」

《いま、そっちに行ったでしょ、職員の霜山》

「ああ」

《で、彼はどうした？》

「ノートパソコンを持ってどこかへ行った」

《証拠品を回収したの。逮捕される前に破棄するつもりで》

「証拠品に逮捕って……。霜山は犯人なのか。だとしたらヤマは何だ」
《ほら、ぼやっとしていないで、さっさとやつを追いかけろよ。新米》
「どうして」
呆れ声を出したあと、史香はブーッとクイズ番組の不正解音を口にした。
《もたもたし過ぎ。時間切れ》
通話が切れる音に重なったのは、玄関の方から聞こえてきた布施の怒号だった。

4

午前七時ちょうどに、部屋のドアを開けた。

当直だった布施が、隅のソファで毛布に包まっているほかは、史香しかいない。黒いスーツに同じ色のスラックス。私服だと背の高さがいっそう際立って見える。

史香は雑巾を手に机を拭いて回りながら、唇を微かに動かし続けていた。何事かをぶつぶつと独り言ちているようだ。

「新米」

声をかけると、雑巾を持つ手が止まった。

「プレートが汚れてるぞ。ちゃんと拭いときな」

「どのプレートよ」

その場に立ったまま、耕史は視線を上にやった。史香の位置からは見えないが、いまの仕草だけで「強行盗犯係」のプレートだと分かったはずだ。

先輩風を吹かせすぎたか。わずかな懸念を覚えたときにはもう遅く、すでに史香が不満の鼻息を漏らした後だった。

「はいはい。やっておきます。――ところで、もう教えてくれてもいいんじゃない。仲間なんだから」

「何をだ」

「ナシの下」

「バレだ」

「ナシバレ？　何それ」

「隠語に決まってるだろ。刑事用語だよ」

盗品から足がつくことを指す言葉だが、そこまで詳しく教えることはしないでおいた。

「それより、どてらを着た痩せた男は見つかったのか？」

史香の表情が引き締まったのが分かった。目が警戒の光を帯びている。

「『なぜわたしが探している相手を知っているの？』――そう言いたいらしいな。なぜも何も、同じ場所で同じ仕事をしているんだ、情報なんてものは自然と耳に入ってくる」

雑巾をいたずらに折り畳んでは元に戻す。そんな動きを史香の手は繰り返し始めていた。

「それと同じだ。おまえも今日からここの一員なんだから、どんなに妙な隠語でも、一か月もすればほとんど全てひとりでに頭に入るさ。――ところで明日の歓迎会では、ビールを用意してある。全員に酌をするのが新入りの務めだ。緊張しているか」

「そりゃね」

「ただ酌をするだけじゃない。ビールを注ぎながら、ちゃんと一人ひとりの名前を呼んで挨拶するのが、ここのしきたりだ。当然、もう全員の名前を覚えたんだろうな。さっきはまだ練習中みたいだったが」

史香は目だけで頷いた。覚えたよ、と主張したようだ。が、細く長い首はぴくりとも動かなかった。自信がない証拠だ。

「ちょっと言ってみろよ」

史香の口からは、課長、係長の名前はフルネームで間違いなく出てきたが、主任クラスの苗字になると詰まってしまった。自慢の記憶力が十分に発揮されずにいるのは、刑事部屋に漂う独特の雰囲気に呑まれてしまったせいだろうか。

「忘れたか。じゃあ、いい方法を教えてやる。明日いきなりやったら怪しまれるから、今日のうちから伏線を張っておいた方がいい」

「伏線？　どういう意味よ」

「まあ聞け。いまから先輩方に茶を出すだろ。そしたら、途中でこうするんだ」

耕史は自分の腹に手を当ててみせた。

「ほら、真似しろって」

史香も片手を腹部に持っていった。

「次はこうだ」

手を腹に当てたまま体を二つに折り曲げると、同じ動きをトレースする史香がにやつき始めた。

「そして言うんだ。『すみま――』」

「『すみません、ちょっと、このところお腹(なか)の調子が悪くて』でしょ。そしてトイレに行くふりをして外へ逃げ、カンペを見ればいいわけね」

「ああ。本番でいきなりやると嘘(うそ)がばれるから、今日のうちからやっておけ」

耕史は史香の手から雑巾を奪った。プレートには思った以上に埃(ほこり)が付着していた。

第四話　同房

1

　西日の強さは馬鹿にならなかった。

　周囲を見回し、太陽をうまく遮ってくれそうなものを探した。目についたものは蔦(つた)だけだった。学校のグラウンドと、外の歩道とを仕切るフェンス。そこに絡(から)まった蔦だ。

　日陰を求めてフェンスのそばに移動すると、その足元に並べられたプランターには紅花(べにばな)が植えられていた。まだ蕾(つぼみ)の状態だ。土の質が悪いのか、どうも勢いがない。

　勢いがないといえば、いまグラウンドを走っている学生たちもそうだった。無理もない。軍隊紛(まが)いの施設で朝の六時から一分の休みもなく追い立てられれば、いくら血気盛んな二十代といえども、誰だって夕方にはへばり始める。

　戸柏耕史(とがしこうじ)はメガホンを口に当て、学生たちに自分の意思を伝えることにした。

「もっと声だせ。遅いぞ」

六月三日、金曜日の夕方。この警察学校で昔から恒例となっている初任科生の「二キロ全力走」が行なわれている最中だった。

午後五時に授業が終わり、午後五時三十分から夕食となる。あいだの三十分は掃除の時間だ。だが金曜日に限っては、三十分かかる掃除を十五分で終わらせ、学生たちをグラウンドに集合させている。

その二キロ走も終盤に入り、三十二人の学生は、いま二つの集団に分かれていた。三十人と、二人とに。

第一集団は、先頭からしんがりまで五十メートルほどの長さで、ほぼ一列になって走っている。

第二集団の二人は、抜きつ抜かれつの状態だった。女子学生の新条薫と男子学生の飯野守が、低レベルのデッドヒートを繰り広げている。

第一集団のなかでも先頭を走る学生は、二人に追いつこうとしていた。

やがて三人の学生が並んだ。ただ、その位置がゴールラインのすぐ近くだったため、周回遅れの状態が生じたのは、ほんの一瞬だけのことだった。

トップの学生がトラックから離脱し、薫と飯野は、また二人だけになった。

続く学生たちも一周四百メートルのグラウンドを五周し終え、次々にゴールし始める。そこを見計らい、耕史はフェンス際を離れ、西日に焼かれる場所へと再び歩み出ていった。

「おまえらはもう晩飯にしていいぞ」

走り終えた学生たちに告げ、徐々に歩速をあげていくと、自らトラックに入り、薫と飯野に背後から追いついた。

二人はともに、Tシャツにつけた大きなゼッケンまで汗で濡らしながら走っている。

耕史は、片手に持っていたメガホンを口に当てた。

「七分十五秒、十六秒、十七秒。——おい、大丈夫かよ、こんなペースで。まだ一周近くあるんだぞ」

「はい」

「はい」

二人の返事には何秒かの時間差があった。それはともかく、はいと答えたはずだが、彼らの速度が速まった気配はない。

飯野は、体重が九十キロ近くあり、体脂肪率も三十パーセントを超えていた。巨漢ゆえの鈍足で、遅いのはいまに始まったことではない。

問題は薫の方だった。どの科目も成績が下のラインぎりぎり。しかしランニングだけは人並みにこなしていた。入学してから先月の中旬までは、しっかりとストライド走法ができていたのだ。ところが最近になってフォームがすっかり縮こまってしまっている。

「おい新条、おまえ、このごろどうしたんだ。飯をちゃんと食べてんのか。飯野、おまえももっと気合を入れろ。来週はテストだろうが。試験勉強ができなくなるぞ」

耳元でがなってやると、二人は喘ぎながら頷いた。

タイムが八分三十秒を上回ってしまうと、「特別環境整備運動」という名のゴミ拾いが、翌週の木曜まで毎日、ペナルティとして科せられる。それもまた学校の伝統だった。夕食のあとに待っている重労働。一回の作業につき、重さにして五キログラム分のゴミを拾うまでやめることは許されない。土日も科される重労働だ。

これをやらされると、たいていの学生は、そのあと疲労のあまりすぐに眠ってしまう。試験前でも勉強どころではなくなってしまうのだ。だから二キロ走ではみな必死だった。

「おれだってな、おまえらの試験が赤点だったら困るんだよ。担任として恥ずかしいだろう、え？　そうは思わないか」

返ってきた「はい」の返事は、前よりももっと不揃いだった。

残り二百メートル。ストップウォッチはもうすぐ八分を告げようとしている。

「じゃあこうしよう。おまえたち、いまから競走だ。もし二人とも八分三十秒の壁を越えられなかった場合でも、勝った方を一人、特別に救済してやる。いいなっ」

もう一度メガホンでがなりたてると、飯野の太い足が、わずかに回転速度を上げた。

薫が、どたどたと不恰好な走りで追いすがる。

結局、二人はほぼ同時にゴールのラインを越えた。

体を二つに折り、大きく背中を上下させている薫の横で、飯野は地面に倒れこんだ。

「同着だ。よかったな」

ストップウォッチが表示した八分二十八秒の数字を見せてやったあと、一つパンと手を叩くことで早く食堂へ行けと命じた。

飯野が、汗に濡れたTシャツの背中にグラウンドの砂粒を大量につけたまま起き上がると、厚生棟の方へよたよたと歩き去っていった。だが、薫は反対にこちらへ歩み寄ってきた。

「戸柏教官、ちょっとよろしいでしょうか」

薫の目は少し潤んでいた。汗が目に入ったわけではなさそうだ。

「わたしは無事に卒業できそうですか」

「さあな」

「はっきりと教えてください。あきらめた方がいいなら、いまのうちにそう言っていただけませんか」

「そんなことは自分で判断しろ。ここじゃあな、何もかもが自分の努力次第だ。それだけだよ、おれが言えるのはな」

薫は項垂れた。弱気になっている目だ。十数年前、パチンコ店を見張りながら、自転車盗の犯人を捕まえようと張り込んでいたときの覇気は、そこには欠片もなかった。

2

職員室へ戻り雑事に追われているうちに、時刻は午後六時半を回っていた。

まもなく、夕食を終えた当番の学生が、週末の行動指示を伺いに来るころだ。耕史は申し渡し事項の一覧表に、念のためもう一度目を通し始めた。

警察学校の教官――四年前に警部補に昇進し、本部の警務課に勤務したあと、自ら進んで志願した仕事だった。警学の教官は出世コースだからと異動願いを出したところ、受け入れられたのだ。そのときは喜んだが、いざ始めてみると、若い連中相手の仕事は正直、自分に向いているかどうか分からなかった。

申し渡しの事項に遺漏がないことを確かめ、書類を机に置いたときだった。

「戸柏係長、ちょっといいか」

隣の部屋から声がした。見ると、校長の吉村が手招きをしている。

校長室に入った。そこには拳銃操法の担当教官、田尻の姿もあった。

すでに自分の席へ戻っていた吉村が、こちらに何かを放り投げてよこした。長さ三センチほどで、金色の円筒形をした物体だった。

「それが何だか分かるな」

「弾丸、ですか」

よく見ると本物ではなかった。アルミに金メッキを施したレプリカだ。

「どんな？」

「は？」

「その弾について知っているかぎりの知識を言ってみろ」

「これは……38スペシャルだと思います」

それだけしか答えられなかった。拳銃操法の授業で使用しているスミス&ウェッソンM37に使う弾であること。そこまでは、さすがに言う必要はないだろうと判断した。

吉村は眼鏡を外し、レンズを拭き始めた。「今日の三時限目、きみの教場は何の授業だった」

「拳銃です」

「それが終わったあと、学校から外に出た者はいるか」

「いません」

「部外者と接触した者は」

「いません」

吉村は少しだけ表情を緩ませた。そして眼鏡を掛け直すと、あとは任せる、との目配せを田尻に送った。

「装備委員の学生から報告があってな。射撃場から、弾丸が一発消えたそうだ」

田尻の口調に乱れはなかった。事の重大さを反映しているのは声よりも表情だった。田尻の丸顔は、乗り物酔いでもしたかのように青ざめている。

学校では週末ごとに装備品の一斉点検を行なっている。その際に発覚したということだった。

「朝の時点では数が足りていた。四時限目、五時限目に授業はなかった。直近で射撃場を使用したのが、戸柏教場の三十二名だ」

耕史は口を開けた。言葉を探しているうちに、

「戸柏教官、ここまでは分かったな」

吉村に先を越された。

「……はい」

「なくなったものが出てくるまで、初任科生の外出を一切禁止にする。土日もだ。学生らが出す郵便物は、みな残らずチェックしろ。当然、外部との接触も一切禁止だ。戸柏教官、きみの責任で、犯人を見つけるんだ。ぐずぐずしている暇はないぞ」

校長室から出る直前にも、吉村は「急げよ」と念を押してきた。本部やマスコミから嗅ぎつけられる前に内部で処理する肚積もりらしい。

席へ戻る前に、今度は懐のポケットで携帯電話が鳴った。

《マガンダン、ハポン》

タガログ語で「こんにちは」と告げた陶山史香（すやまふみか）の声には、わずかだが疲れが滲（にじ）んでいるように感じられた。マニラの警察学校で日本語と犯罪捜査を教える仕事も、そう楽ではないらしい。

史香が、こちらより一年しか遅れることなく警部補に昇進したことについては、別に焦（あせ）りを感じていない。だが、県警本部の警務部教養課に引き抜かれ、勤務成績の良さを理由として国際人事交流の要員に抜擢（ばってき）までされたとなっては話が別だった。油断していればそのうち追い越される。

耕史は携帯をいったん耳から離し、職員室の外に出た。

《そっちはどんな調子なの？》

「頭が痛い。ちょっと問題が起きてな」

《どんな？》

「ほっとけ。——どうだ、フィリピンは？」

《こっちも大変だよ。本当は軍人志望なのに、親の命令でいやいや警察官になった子がいてね。もう辞めたいって駄々こねてるの。優秀な子だから、学校としては、ぜひ警察官になってもらいたいんだけど、本人はすっかりやる気をなくしてる。わざと規則を破ってクビになろうとするんだから手を焼くよね》

「そいつもほっとけばいい」

《そうはいかないって。その子、どういうわけか、わたしにだけは懐いていてね。だから校長から説得役を頼まれちゃったわけ。こうなるとさ、もし辞められちゃったら、こっちの評価に響くでしょ》

三千キロばかり南の彼方から、そう早口でまくしたてると、史香は溜め息をついた。

「もう切るぞ。おまえの財布がこれ以上軽くなる前にな」

国際電話の通話料金がどれぐらいなのか知らないが、警部補の給料で長々と無駄話ができるほど安くもないだろう。

3

一週間前に蕾の状態だった紅花は、ようやく半分ほどが開花していた。

またフェンス際に立った。ただし今日遮ろうとしたものは、西日ではなく水滴だった。

昨晩から降り続いた雨は、夕方になっていくらか弱まっている。とはいえ相変わらず空は暗い。低く垂れ込めた雲が連想させるのは、古布団の破れ目から覗く重たい綿だった。

先週と同じだ。今回もまた、三十名の学生が走り終えたあと、トラックには薫と飯野だけが残った。三十位の学生がゴールしたとき、二人はまだバックストレートの中間あたりを走っていた。

残りの二百メートルを気息奄々の走りでどうにか片付け、まず飯野が、そして何歩か遅れて薫がゴールした。

息を切らしている二人に、耕史は近づいていった。

「今日の晩飯はおれがおごってやってもいいぞ」

なぜですか？　そう問いかける四つの目に向かって、ストップウォッチを黙って掲げてみせた。

「飯野のタイムだ。惜しかったな」

表示された八分三十一秒の数字に、二人の学生は顔を曇らせた。何の偶然か、その反対に雲の隙間から細く陽光が差し始めると、飯野が肩を波打たせながら口を開いた。

「アウト、ですか」

「見て分からないか」

薫が体を起こした。「どうして、夕食を、おごって、くださるんですか」

「重労働だからだよ。このきれいな学校で五キロ分のゴミを探すのは大変だ。歩き回るのにエネルギーが要る。だってのに、おまえらの安月給じゃあ、たいしたものは食えんだろが。食堂に言っとくから、おれの名前でツケにしてもらえ」

二人に背を向けると薫の声が追いかけてきた。

「おかしくありませんか」

「何がだ」

「戸柏教官のストップウォッチが、です」

足を止め、薫に振り返った。

「三秒はどこに消えたんですか」

「何を言ってる。意味が分からんな」

薫は自分の左腕からデジタル式の時計を外すと、こちらに差し出してきた。「飯野巡査がゴールしたとき、止めました。見ていただけますか」

薫の時計は八分二十八秒の数値を表示していた。

「わたしの時計が正確なら、飯野巡査はセーフだったはずです」

「新条」

「はい」

「来週からは腕時計を外して走れ。いいな」

「……はい」

「それから」耕史はふたたび本館の方へ足を向けながら言った。「おまえはもう、やる気をなくしたようだな。ここを卒業する気はないのか」

「……いいえ」

「だったら、次は八分を切れるよな」

そう言い残し、職員用の入り口に向かうと、校舎の前に、細いフレームの眼鏡をかけて、傘を手にした男が立っていた。こちらを待ち受けていたようだ。

「何か御用でしょうか」

その男、沢津橋中央署の布施に、耕史はいちおう訊いた。

「まあ、近くまで来たんで、ついでに寄ってみただけだ」

答えて布施は、畳んだ傘でゴルフのスイングをやり始めた。

「ちょっと運動不足でな。このところはずっと、溜まった書類を片付けていたんでね」

そんな独り言じみた布施の言葉に嘘はないようだった。尖った顎の回りは生白く、日焼けした様子はない。

「車でお越しですか」

もちろんだ。スイングを止めた布施は、薄いレンズの奥から上目遣いでそう答えた。

「運動不足を解消したければ、走ってくる、という手もありましたね。沢津橋中央署なら、ここからわずか二駅分ですから」

「なるほど。思いつかなかった」

はは、と笑ってまたスイングを始めた布施を観察した。顔の筋肉で笑顔を作っている。ないい刑事はたいてい役者だ。後輩に生意気な口を叩かれても巧みに苛立ちを押し隠す。

かでも布施の技術は一流の部類に入るだろう。

「また薫から事情聴取ですか」

そう訊くと布施は、傘の柄を目いっぱい長く持ち、振りも大きくしドライバーでのフルスイングをしてみせた。

「ああ。久しぶりにな」

薫の父親、新条篤志が殺されてから、もう十年以上が過ぎた。だが依然として犯人は不明で、容疑者すら浮上していない。近頃、殺人罪の公訴時効が廃止されるなどの動きはあるが、時効が昔のとおり十五年のままだったとしたら、いまごろは、ほぼお宮入りの扱いを受けている事件だ。

薫の心中はどうだろうか。いくら篤志が本当の父親ではなく継父だったとはいえ、事件が未解決のままではやはり落ち着かないだろう。

布施は、比較的手の空いたいま、そのヤマを追い始めているようだった。

「何といっても当事者中の当事者だからな。どういう因果か、今度は本人も警察官になったことだし、ちっとは協力してくれるんじゃないか」

「ですが、今日は」

「分かっている。今日は遠慮しておくさ。疲れているだろうし、これから一仕事抱えているみたいだからな。——それにしても遅すぎないか」

「何がですか」

「薫の足だよ。前からあれほど鈍足だったか」

「いいえ」

「どうしちまったんだ？　古傷が痛んだか？　かもしれんな。なにしろ、しょっちゅう親父に――」

言うと同時に、こちらに向かってきた。布施は傘を一段と大きく振りかぶった。続くスイングは、ほぼ水平の軌道を描き、こちらに向かってきた。耕史は動かなかった。いや、動く余裕がなかった。

布施の腕が静止してから、耕史は視線を下に向けた。傘の先端は自分の臍のあたりに向いていた。遠心力で飛び散った水滴がワイシャツを濡らしている。

「――こんなふうにされていたんだろ？」

そのとおりだ。篤志は薫に対し、日常的に暴力を振るっていた。ゴルフクラブで体を叩かれたことも何度かあったという。

傘の先端から顔を上げると、耕史は尖った顎に向かって一礼した。

「では失礼します」

相手の横をすり抜け三歩ばかり進んだときだった。

「弾は見つかったのか」

追いかけてきた布施の声にがっちりと体をつかまれ、反射的に立ち止まっていた。下手をすれば、はっと振り返っていたところだった。

「まだのようだな。――急げよ。ブン屋に嗅ぎつかれちまうぞ。なに、おおかた学生どもが仲間同士でホシを庇ってやがるんだろ。だったら話は早い。何か餌を与えて釣ってやりゃあ、チクるやつなんざゾロゾロ出てくるさ」

ここで耕史は体の向きを変えた。すると布施は、わざとらしく指先で自分の額をつつき、何かを思い出すような素振りをしてみせた。

「おっと。そうだったな。すまん。仲間を売るような真似はさせない――それが戸柏教官の信条だったよな」

布施は足元の石ころをパターの要領でこちらへ転がしてよこした。

4

耕史は本館二階の窓から昇降口前の広場を見下ろした。

六月十五日。水曜日の日没前。梅雨も中休みに入っていた。

西日はだいぶ傾き、あと三十分もすれば姿を消す位置にあった。昼間に比べたら、気温はだいぶ下がっている。とはいえ、飯野の首筋に浮いた汗の量は半端ではなかった。

隣で作業していた薫が、立ち上がって軍手を外した。そばに置いていた手提げバッグからタオルを一枚出すと、飯野に渡す。

飯野は、牧草に口をつけようとする牛のような緩慢な動きで薫に一礼をし、それを受け取った。

五日も同じペナルティを科せられていたのだ。親しくもない間柄だった二人になんらかのコミュニケーションが生まれたとしても不思議ではない。

そんなことを考えていると、ズボンのポケットで携帯が鳴った。特別な勘を働かせなくても史香からだと分かった。午後六時半――フィリピンの時刻なら五時半。彼女が電話をよこすのは、きまってこの時間だった。マニラの警察学校でも授業を終えて一息つくころなのだろう。

《いま何してんの》

「監督だ。ゴミ拾いのな」

《あ、もしかして特別環境整備運動ってやつ？　二キロ走の》

懐かしいっ、と語尾に力をこめた史香の声には、今日も疲労が感じられた。

《問題とやらは解決した？》

その言葉に、耕史はポケットに手を入れた。ずっと入ったままになっている弾丸のレプリカ。先日、校長から受け取ったものだ。吉村はどういう意味でこれを渡してよこしたのか。おそらく特別な含みはないと思われる。だから返すつもりもなかった。

「まだだ」

弾丸の紛失について、布施はもう知っていた。機密であるはずの情報はすでに、職員室を抜け出て、ついでに校舎の門からも出ていったようだ。この調子では、学生のあいだに広まるのも時間の問題だろう。

——餌を与えて釣ってやりゃあ、チクるやつなんざゾロゾロ出てくるさ。

布施の言うとおりかもしれなかった。試験の点数に手心を加えてやる。許可時間外に携帯を使わせてやる。寮の抜き打ち検査をしばらく止めてやる。何でもいい。少し手綱を緩めてやろうと申し出れば、それと引き換えに尻尾を振ってくる学生はたしかにいる……。

「そっちはどうなんだよ、史香。どうなった？　やる気をなくしている例の学生は」

《なんとか引き止めてる。だけど、もう限界ね。今晩あたり、逃げ出すかも》

「鎖でもつけとけ。——こっちにもいるぞ。無気力になって脱落しかけてんのがな」

《誰？　もしかして薫ちゃんじゃない？》

篤志が殺されたときに薫を保護したのは、当時駅前交番に勤務していた史香だった。以来、二人のあいだに交流が途絶えたことはない。片や海外、片や警察学校と、互いに連絡の取りづらい場所にいても手紙のやりとりは続けているようだから、よっぽど気が合うのだろう。

「脳はまだ焼かれていないみたいだな、赤道の日差しに」

《どういう意味よ》
「勘は鈍っていない。そういう意味だ」
《ありがと。——お互い、同じ苦労をしているみたいね》
「……ああ」
薫の背中が植木の陰に隠れた。彼女の姿を追って、耕史は隣の窓に移動した。
《じゃあ、もう見込みないんだ、薫ちゃんは。——でも、ちょっとは励ましてあげたら。もっと褒めてあげるとかさ》
「お断りだ」
下手な称揚(しょうよう)は慢心につながる。突き放した方が学生は育つものだ。
《だったら戸柏教官が見たところ、薫ちゃんの卒業は無理なんだね》
「いや。あいつはいい警察官になれる。絶対にな。おれがならせてやる」
《頼もしいこと》
そう応じた史香の声には欠伸(あくび)が混じっていた。
「それにしても、ちょっとおかしい」
《何が》
「だから、薫がだ。あいつは、本当にやる気を失っているんじゃなくて、そんなフリをしているだけなのかもしれない」

《演技ってこと？　でも、そんな真似してどんなメリットがあるの？》

答えられなかった。

手の平で弄(もてあそ)んでいるうちに、38スペシャルのレプリカが床に落ちた。転がっていくところを足で踏みつけ、耕史は薫から飯野へと視線を移した。

「なあ、38スペシャルってのは、どんな弾だ」

《いきなりする質問なの、それって？　カンペを探す時間をもらってもいい？》

「知っていることを答えてみろよ」

《初速は七五五フィート毎秒。百メートル先での落差は約二十センチ。リボルバー用としては世界中で最も使用されている弾丸》

「さすがだな。おれの教え子にも、一人、お前と同じぐらい知識を持っているのがいる」

そう言いながら見つめた飯野の背中には、汗で世界地図のような模様ができていた。

飯野にわざとペナルティを科したのは、自分から正直に白状してほしかったからだった。

「射撃場から弾丸を盗んだのは、わたしです」と。

犯人の見当などすぐについた。銃器マニアの彼しかいない。学生個人の性癖については、採用の際、事細かに調査している。飯野が自宅にモデルガンを大量に隠し持っている点も把握していた。

二か月も一緒に寮生活をしていれば、どの学生がどんな人間か、だいたい分かってくる。

学生の中にもいるはずだ。実弾を盗んだ犯人が誰なのか薄々気づいている者が。
《明日、いったん帰国するよ》
「そうか」
《近いうち、本部に来る用事ない？》
「土曜日に行く」
本部十階の大会議室で開かれる予定の、公安委員会との意見交換会に出席する。会は正午に終わる。そう説明した。
《じゃあ、一階のロビーで待ってて》

5

プランターの土には何の問題もなかったようだ。開花した紅花の数は、この一週間で三倍ほどにも増えていた。

一方、二キロ走の方はといえば、いつもと同じだった。今日もまた薫と飯野は、ほぼ一緒にゴールした。

耕史はみなに解散を告げ、二人だけをその場に残した。

息を荒くしている二人を前に、また黙ってストップウォッチの数値を示してみせた。八分三十五秒の数値を目の前にしても、二人はただ肺に酸素を取り込むことだけを繰り返していた。

「飯は早く食え。食ったらすぐに取り掛かれよ」

そう言って、今回は、あらかじめ用意してあったゴミ袋とトングを渡してやった。

それらを受け取った飯野は、前のめりになりながら校舎の方へ戻っていった。

薫も手を伸ばしてきた。だが耕史は袋もトングも渡さず、代わりに言葉を投げかけた。

「遅くなったが、この前の質問に答えてやる」

「……どのような質問でしたか」

「おれの使っているこれが」左手のストップウォッチを指で何度か叩いてみせた。「おかしいんじゃないか？　そう訊いただろう」

「はい」

「時計は正常だ。嘘をついたのはおれだよ。あのとき飯野は八分二十八秒でゴールした。おまえの言うとおりにな」

「では、どうしてペナルティだったんですか」

「待てよ。質問を重ねるな。順序から言えば、今度はまたこっちが質問する番だ。そうだろ。――なぜ手を抜いた？」

薫は瞬きを繰り返した。

「いまの二キロ走だよ。なぜ手を抜いて走った？　いまだけじゃない。先週もそうだったよな。おまえは全力で走らなかった。わざとゆっくりゴールした。ゴミ拾いをやらされるのも厭わず、だ。わけを言え。やる気をなくした。それが理由か？」

俯いた薫の額から、汗が落ち、砂の中に吸い込まれていった。

「何も言いたくないか」

「……はい」

「ついて来い」

耕史は薫に背を向け、本館に向かって歩き始めた。

建物に入り、目指した先は、普段、学生の立ち入りを禁じている区域だった。

「どこへ行くんですか」

「いいから黙って来い。——飯野とは、だいぶ仲良くなったらしいな」

「それほどでもありません」

廊下の曲がり角に本部長の手になる油絵が飾ってあった。素人が描いたものだけあって、誰の目にも遠近感の狂いが明らかな田園風景だった。それを覆ったガラス板に反射した薫の顔は硬かった。表情と呼べるものがまるで消え失せ、プラスチックでできた仮面を被っているように見えた。

「模擬家屋や練習交番のほかに、この学校にはもう一つ模擬施設がある。ここだ」

耕史は重い鉄の扉を開けた。そこには、廊下を挟んで左右に一室ずつ、鉄格子のはまった部屋が設けられていた。

「見てのとおり、模擬留置場だよ」

耕史は、いま開けた鉄扉(てっぴ)から見て右側の房に近づいた。鉄格子の鍵(かぎ)を開け、なかに足を踏み入れると、畳の上に腰を下ろした。

「おまえも入れ。おれの前に来い」

その言葉に薫は正座をして従った。

「どうしてここに連れてきたか、分かるな」

いいえ、の返事も、いまの面持ちと同じように硬い口調だった。

「分からないか。いいだろう。だったら教えよう。それはな、おまえだけに特別に講義をしてやるためだ。——刑事の捜査手法の一つに、『同房スパイ』というやり方がある。被疑者がなかなか口を割らない場合に使う手だ。授業で習ったか?」

「いいえ」

「刑事の前では貝のように黙る被疑者も、留置場で一緒になった相手には、同じ境遇のよしみから、ぽろりと口を開くことがある。そこで刑事は、その同房者を抱き込み、スパイとして使うわけだ。当然のことながら、そんな捜査手法は、任意性に問題ありとして裁判では認められないがな。それはともかく、次の質問にはイエスかノーではっきりと答えろ。

——おまえがやろうとしたことは、要するにこの同房スパイだ。そうだな?」

「……はい」

薫が見せた首の動かし方は、頷いたというよりも項垂れたといった方が正確だった。

思ったとおりだ。

本当に卒業できるのか。彼女は自分の成績を気に病んだ。そこで弾丸を盗んだらしい飯野に目をつけた。飯野は鈍足だ。だから自分もわざと遅く走り、一緒にペナルティを受けた。そうして心理的な「同房者」となることで、飯野の口から自白を引き出そうとした。

もちろん教官に告げ口するためにだ。同期の不正を学校側に密告すれば、それをした学生の評価点は上がる。この学校のシステムはそうなっている。

仲間は売るなと教えてきたが、薫には届かなかったらしい……。

もう行け、と命じ、薫を先に房から出した。

しばらくしてから耕史は立ち上がった。足に力が入らなかった。

6

十階にある大会議室を出たあとは、一階のロビーまで階段を使って降りた。

土曜日ということもあり、本部内にはほとんど人気がなかった。

ロビーに展示された白バイを、車体のそばに立って眺めていると、仄かに香水の匂いがした。

振り返らず、まずは白バイのハンドル部分に映った像で史香の顔を観察してみると、一年間の人事交流を終えて帰国した彼女は、思ったほど日に焼けてはいなかった。少しぐらい黒くなった方が、この時候にはちょうどいいのだが。

「マガンダン、ハポン」

「やっぱり太陽で頭をやられたようだな。ついに日本語を忘れたか」

体の向きを変え、史香に向かって手の平を出した。

「何のつもり？」

「土産だよ。こうして人を待たせたんだ、当然、何かくれるんだろ」

「何もないよ。一時帰国しただけだもの」

「だったらなんでわざわざ会おうなんて言い出した？　ただ雑談をするためか」

屈託なく、うん、と頷いた史香をその場に残し、出口の扉へ向かおうとしたところ、ワイシャツの袖口を引っ張られた。

「いまはそんなに忙しくないはずでしょ。もう刑事じゃないんだから」

「警学の教官を舐めるな」

――あいつは誰教場の出身だ？

警察官の不祥事があった場合、組織内で真っ先に話題になるのはその点だ。学生の指導に手を抜いたら評価を落とすのはこの身なのだ。朝から晩まで気を抜く余裕はない。

ロビーの隅に設けられた椅子(いす)の方まで連れて行かれる途中、史香の唇から目が離せなかった。

「妙な化粧はやめたらどうだ。クビになりたくなけりゃな」

「トロピカルオレンジっていう色だよ。南国ふうで、この季節に合っているでしょ」

橙色(だいだいいろ)の口紅をしている女など、四十数年の人生を通して、ほとんど見たことがない。

その唇を薄く開き、にっと透き通るような色の歯を見せて笑った史香から、耕史は顔をそむけた。

「薫ちゃんはどうしてるの？　この前も、あの子に手紙を書いてあげたんだよ。昨日あたり着いたんじゃないかな」

「ああ」

学生に届いた郵便物については、差出人を全(すべ)てチェックしてある。FUMIKA　SUYAMAと記された薫宛(あ)てのエアメールは、たしかに昨日、学校の通信室に届いていた。

「薫はな、まだしぶとく学校に残っている。昨日なんか、おれと一緒にブタ箱に入ったぐらいだ」

五割増しの大きさに目を見開いた史香に、薫がやろうとしたことを説明してやった。

「なるほど、同房スパイか。けっこうやるね、あの子も」

「やる？——仲間を密告するような学生がか？　本気でそう思ってるなら、教官なんか辞めちまえ」

じゃあな、の一言も口にすることなく、史香と別れ、学校へ戻った。

本館に入る前にグラウンドを見やったところ、学生が一人ランニングを始めようとしているところだった。初任科生らしいが、ここからでは遠すぎて顔がよく分からない。

職員室へ向かうと、部屋の入り口に佇む人影があった。飯野だ。目が合うと、どこかほっとした様子を見せた。こちらの帰りを待っていたらしい。

彼は右手に「退校届」と書かれた封筒を持っていた。それを差し出す前に、左手を持ち上げ、ゆっくりと手の平を広げてみせた。

分厚い飯野の掌の上で、38スペシャルは、午後の光を眩しいぐらいに反射していた。二週間も行方不明になっていたわりには、ずいぶんときれいな状態を保っている。金色の薬莢にも銅色の弾頭にも傷ひとつ付いてはいない。

「どこに隠していた？」

「ビニール袋の中に入れて、土の中に埋めていました。紅花のプランターの中にです」

「辞めるのか」

その質問に頷いた飯野の表情は、さばさばしたものだった。

「仲間たちは、わたしが備品を盗んだことを、薄々知っていたようです。でも、みんな黙っていてくれました」

それ以上は言わなくても分かった。仲間が黙っていてくれたからこそ、自分の過ちが身に応えたのだ。

——おまえから自白を引き出そうとしていたやつもいるんだぞ。

そう教えてやったところで、何ら事態が変わるわけでもない。薫の行為を飯野に話すつもりはなかった。

飯野をいったん寮に戻し、職員室に入った。

窓際に寄りグラウンドに目を向ける。

ランニングを始めた学生は、思ったとおり薫だった。

いま、彼女の足はよく伸びていた。以前の自信を取り戻したようだ……。

もしや、と思ったのは、その様子を眺めているときだった。

自信を、取り戻した……？

自信を……。

自信。薫が欲しかったものは、密告による点数などではなく、それではなかったのか。

「おまえはこの学校を卒業して一人前の警察官になれる」——そんな言葉を、担当教官から引き出したかったのではなかったか。

薫は史香と文通していた。ならば、やる気を失った学生がいて困っている、といった史香の苦労を、彼女もまたマニラからの手紙で知っていたことだろう。

そこで自分も同じような真似をして、担任教官を困らせようとした。彼を史香と同じ境遇に置き、「心理的な同房者」にするために、だ。そうなれば彼は史香に心中を打ち明けるだろう。そう期待してのことだ。

昨日薫に届いた史香からの手紙。そこには何が記されてあった？　もしかしたら、おれが史香に喋った言葉ではなかったのか。

【安心していいよ。今日、戸柏教官が自白したから。薫ちゃんは絶対にいい警察官になれる、って】

そんなふうに。

いや、初任科生の薫にそこまで企む知恵があるとは考えにくい。だとしたら、すべては他人の入れ知恵だったのかもしれない。

他人。それが誰なのかは考えるまでもない。

——頼もしいこと。

あのつまらなそうな口調の陰で、三千キロばかり離れた場所にいた同房スパイは、いったいどんな顔をしていたのだろう……。

目を閉じてみると、案の定、オレンジ色の唇と、そこから覗いた透き通るような歯が浮かび、しばらく頭から離れなかった。

第五話　投薬

1

陶山史香は三枚目のメモ用紙にボールペンの先を走らせた。

「本日はお忙しいなか、多数の方々にお集まりいただき、まことにありがとうござ」

そこで手を止めた。

「多数」とした以上、「方々」と複数形を重ねるのはおかしくないか。それに、物ではなく人に対しての言葉なのだから、そもそも「数」という字を使うこと自体が間違っているような気がする……。

四月十六日、水曜日の朝。沢津橋市役所はまだ始業時間を迎えていない。春の朝日は窓から勢いよく差し込んでくるものの、四階フロアのカウンターは、夜の間に降り積もった埃のせいで、端から端まで一様に艶を失っている。

市役所への派遣。予想だにしていなかった辞令の内容に、言葉を完全に失ったのは三週間前のことだった。フィリピンくんだりまで二年間も追いやられていたのだから、これで人事交流の餌食になるのもおしまいだろう。そう盲信していただけに、また本部の外に出されたショックは一入だった。

今年度から新設されたという「市民部　防犯対策課」の新しいプレートが、目の前の天井からぶら下がっている。それを恨めしく見やりながら溜め息をつき、四枚目の紙をメモ帳から破り取った。

防犯関係のシンポジウムに出席するのは、よしとしよう。近隣市町村の課長たちとの意見交換とやらも、気は進まないが、まあやってもいいだろう。だが、その前に、開会の言葉を述べなければならないというのだけは、勘弁してほしい。形式ばった文章は、書くのも口にするのも、本当に苦手なのだ。

「おはようございます」

その声に顔を上げると、課長補佐の美島忠和がカウンター横の通路から入ってくるところだった。

「課長、午後の準備は、もう万全ですか？」

「ええ、まあ」

こうなったら硬い挨拶は早々に切り上げて、何か面白いエピソードを一つ入れてみよう。二十年以上も警察官をやっているのだ、話のネタには困らない。

美島は隣の課長補佐席に腰掛けると、また口を開いた。

「なにせ九パーセントの増ですからね。馬鹿にならない数字です」

昨年――二〇一三年度の、市内における犯罪発生件数について、美島は言っているようだ。

「いま、防犯に関する市民の意識はかなり高まっています。今日の会場は満員になるでしょう」

「そうですか」

「なかには県警や市のやり方に批判的な人やグループもいます。そういう連中がですね――」

いったん言葉を切り、美島は椅子を百八十度回転させた。そうして、窓と窓の間にある柱と向かい合う。

十六日（水）防犯対策市民シンポジウム。午後一時三十分から　於・市民会館小ホール（陶山課長、美島補佐）

十七日（木）　S町地域安全センター視察　午後一時出発　（美島補佐）

柱にはそう記された課の予定表が設置されている。

さらにその下には、もう一つ、予定表のホワイトボードより一回り小さなプラスチック製の板が掲げられていた。

板の横軸には七つの曜日が刻印してある。縦軸は上から順に「朝」、「昼」、「晩」の三つに分かれていた。七かける三——二十一個のマス目に分かれた特殊なカレンダーだ。マスの一つ一つには小さなビニール袋のポケットが付いていて、そこに錠剤が一粒ずつあらかじめ入れてある。

それは、美島が個人で持ちこんだ投薬カレンダーだった。

美島は、「朝」の段に並んだ袋の一つから錠剤を取り出すと、口に含んだ。そして、こちらの視線が気になったのか、持参したペットボトルの水をちびりと飲んでから言った。

「課長も気をつけてくださいよ。五十を境目にしてぐんと増えるそうですからね、高血圧ってのは」

血圧降下剤はたいてい一日一回の服用だというが、美島の場合は三回のようだ。晩の分まで用意してあるのは、残業した場合に備えてのことだろう。土日の欄（らん）まで設けてあるのは休日出勤を想定してのことか。

「ご心配ありがとうございます。ところで美島補佐、間違ってませんか？」

「何がです」

「今日は水曜日ですよ」

「ええ」

水曜日なら、日、月、火、水——左から数えて四番目の袋から薬を取らなければならないはずだ。だが、先ほど美島は五番目から取った。

　そう指摘してやると、美島はつまらなそうにペットボトルのキャップを閉め、投薬カレンダー
に顎をしゃくった。「よく見てください」

「いいんですよ」

　言われたとおり目を凝らし、やっと気がついた。この投薬カレンダーは土曜日から始まっている。曜日の表示がラベルプリンターによる手製のシールであるところを見ると、日曜から始まる標準的なカレンダーに、美島が後から自分の手を加えたものと思われる。これならたしかに水曜日は左から五番目だ。

「定期検査がいつも土曜の午前中ですからね。新しく薬をもらうのもそのときなんで」

　なぜわざわざ土曜日スタートにしたの？　こちらが質問する前に、さっさと答えを口にした美島は、背広の懐から手帳を出し、何やら細かい字で書き付けた。何をメモしたのかは、見なくても分かる。「午前八時十分。降圧剤服用」という意味の記述をしたに違いない。彼がかなりのメモ魔であることは、ここへ着任したその日のうちに気づいていた。

「ええと、どこまで喋りましたっけ」

「そういう連中がですね、までです」

「そういう連中がですね、たぶん嫌がらせのつもりなんでしょう、ずいぶん細々とした質問をぶつけてくるんです」

「例えば、どんな質問ですか」

「今年度の予算について、使い途を全部説明しろ、とかですね、それから、犯罪の発生率は近隣の市町村と比較してどうなのか数字を挙げて教えろ、とかです。課長には、そういった質問にも、一つ一つしっかり答えていただかないといけません」

史香はボールペンを持つ手をふたたび止めた。

「ちょっと待って。市民からの質問には、わたしが答えるの？」

「はい。そのつもりで事前に資料をお渡ししたのですが」

史香は机の抽斗から分厚い冊子を取り出した。沢津橋市の防犯計画書だ。

たしかに前もって、美島からこれを受け取っていた。だが、着任してから今日までの二週間は、方々への挨拶回りや歓迎会、地元新聞社のインタビューなどに時間を取られ、まったく目を通していなかった。市がこれまでやってきた政策についても、ろくに勉強する時間が取れていない。

自治体の防犯政策は地域によっていろいろ異なっている。来たばかりだから、今の沢津橋市にはどんな特色があるのか、まだ大雑把にしか摑んでいない。込み入った質問をされたら往生してしまう。

暗記は得意だ。しかし、午後までにこれだけの内容を頭に入れるのは、さすがに無理だろう。

弱った。美島補佐、あなたが回答してくれないかしら。恥をしのんで、そう頼んだ方がいいかもしれない。

「課長なんですから、市民からのどんな質問にも答えられるのが当然ではないでしょうか。それができないとしたら怠慢もいいところです」

いや、この男に頭を下げるのは癪に障る。

だったらどうするか。溜め息をつきかけたときだった。

「いやあ、今日は暑くなりそうですな」

やけに光沢のある茶色の背広を着た男が、腰を低くしながら近寄ってきた。

広い額に細い顎、厚い唇。メリハリの利いた顔立ちをした六十男は、市長の永倉だった。

――防犯対策課新設にあたり、お一方、是非うちで受け入れさせていただきたい。

県警の人事課に申し入れてきたのが、この男だ。

――できましたら、県警史上五人目の女性警部となられた陶山氏を。

そう名指しで指名してきたとも聞いている。

たしかにこの市長、話題づくりを先行させたがるタイプのようにも見える……。そう思いながら、史香は立ち上がって会釈をした。

「おはようございます。今日は少しゆっくり目のご出勤なんですね」

永倉は普段、職員の誰よりも早く登庁する。だがすぐには二階の市長室に入らず、まずは一階から十階まで全フロアをぐるりと回り、目についた職員へ声をかけて歩くのだ。それが、三年前に初当選を果たして以来変わらない習慣だという。

「そうなんですよ。いやあ、まいりました。ゆうべ遅くまで、商工会議所の役員連中に付き合わされましてね。今朝もいちおう風呂(ふろ)に入ってきたんですが、まだ酒臭かったらすみません」

そう言って課長席前のスツールに腰掛けたあと、永倉は、おや、という表情を作った。

「それは何です？」

永倉の目は防犯計画書に向けられている。

「今日の午後にシンポジウムがあるんです。なんでも市民から細々した質問が出るらしいんで、目を通しておかないといけないんです」

「そんな必要ありませんよ。質問の受け答えなんて、下の職員が全部やりますから。陶山課長は、大局的な見地から自由に、ご自分の意図する防犯政策を語ってくだされればいいのです」

言って、永倉は美島の方を向いた。な、そうだろ。無言で同意を求められた美島は、硬い表情でわずかに頷(うなず)いた。

「安心しました。まだ勉強が不十分で、お恥ずかしいかぎりです」

史香が計画書を抽斗に戻すと、永倉は早々にスツールから立ち上がった。

「ところで、足はどうするんです。どの車で会場まで行きますか」

「わたしが自家用車を運転していきます」横から美島が口を添えた。「公用車は予約でいっぱいでしたので」

「しっかりお送りしてくれよ。粗相のないようにな。——そうですか、防犯シンポジウムですか。できればわたしも課長のお話を拝聴したいですね」

満面の笑みと一緒に早口のリップサービスを残し、永倉は去っていった。

2

庁舎屋上に設けられた展望室に着いたときには、息が切れていた。エレベーターが通じているのは十階までだ。そのまた上の階へ行くには、螺旋状の長い階段を使うしかないから、こうなる。

窓際に立ち、深呼吸を繰り返した。ガラスに映った顔は歳相応に重力の影響を受けている。五十路の一歩手前。この歳になれば容姿は二の次で、衰えが気になるのは心肺機能の方だ。

ほどなくして、階段を上ってくる軽やかな足音が聞こえてきた。待ち合わせの相手が来たようだ。

「元気なさそうですね、課長」

階段口から飛び跳ねるようにして姿を現したのは、思ったとおり新条薫だった。

「どうしたんです？　やっぱり肌に合いませんか、警察以外の水は」

右手に小さなランチバスケットを持った薫は、ほとんど息を乱していない。

「ちょっと、疲れた、だけ。――薫ちゃん、何年、生まれ、だっけ？」

「八四年ですけど」

「これが、十九年の、差ね」

ベンチに浅く腰掛けると、ようやく脈のペースも落ち着いてきた。

「もう終えてきたの、届け出は」

「はい」

薫は今日、住所変更をしに市役所に来ていた。警察学校を卒業したあと、県西にある沿岸部の交番に三年近く配属されていたが、今年度から沢津橋中央署の交通第一課へ異動になったためだ。

【明日、住所変更のため沢津橋市役所まで参りますので、昼休みにでもお会いできませんでしょうか。昼食を持参させていただきます】

昨晩、携帯に届いたメール。その文面の堅苦しさから、この若い後輩も、だいぶ警察のカラーに染まってきたことが窺い知れた。

「今日の予定は？　ずっと非番なの？」

「いいえ。これから署に出て、明日の朝まで当直勤務です。――課長のお仕事は、どんな調子ですか」

「どうもこうも」

「いじめられませんか。周りの人に」

「いじめ？　どうして？」

「だって警察官て、どちらかと言えば、世間では憎まれ役じゃないですか」

「それは時と場合によるでしょう。ここじゃあその反対。殿様みたいな毎日だよ」

「本当ですか」

「ええ。市長がね、やたらこっちに気を遣ってくれるから。他の職員たちも、それに右ならえするわけ。その代わり、下にいる課長補佐とだけは、ちょっと波長が合わなくて疲れるんだけど」

　薫が作ってきたサンドイッチを食べ終えたあと、二人で西側の窓際に立った。

　眼下の更地に向かって合掌する。薫の方を見やると、彼女も同じように手を合わせていた。

　黙禱（もくとう）した時間は一分間ほどか。

「それにしても、ずいぶんきれいになくなっちゃうもんですねぇ」

薫が声を絞るようにして呟いた。茶化したような口調だったが、どこかに震えのようなものも混じっていた。無理もない。つい先日まで眼下に建っていたマンションは、薫にとっては悪夢の詰まった場所だったのだから。

下手に言葉をかけられなかった。継父から受ける折檻とは、子供にとってどんなものなのか。いくら想像を逞しくしたところで無駄だ。その恐怖は体験した者にしか分からない。

薫は東側の窓へ移動した。

「こっちからだと、本部が見えるんですね。——教官も元気にやってるかな……」

教官か。耕史が本部捜査二課へ移ってもう二年になる。だが薫のなかでは、いまだに警察学校の教壇に立ち続けているようだ。

「懐かしい？　教官が」

薫は黙って頷いた。

「じゃあ、薫ちゃんも、しばらくこの市役所に異動させてもらえば」

「ここで働いていれば、教官に会えるんですか」

「もしかしたらね。仕事で来るかもしれないでしょ」

「……なるほど。教官はいま捜二ですもんね。——でも、この役所にもあるんですか、サンズイのヤマって」

「役所ならどこにでもあるよ。ただ表に出てこないだけで」

答えて史香は、光沢のある茶色の背広を思い浮かべた。

3

昼休みの終了を告げるチャイムが鳴ったのは、入り口のロビーで薫と別れたときだった。その足で庁舎裏側の職員駐車場まで行くと、美島の自家用車——一三〇〇ccの白いセダンはすぐに見つかった。

だが肝心の本人がいない。

車体の後ろに回り込んでみたところ、美島はそこで、地面を覗(のぞ)き込むようにしてしゃがんでいた。

「差し出がましいようですけど、補佐」

美島が顔を上げ、日差しに顔をしかめた。

「お薬は飲みましたか」

降圧剤を服用している人がそれを飲み忘れると、ある瞬間に血圧が急上昇し、意識を失うことがあるらしい。これから美島はハンドルを握るのだ。嫌がられたとしても、この点はしっかり確認しておきたかった。死ぬにはまだ早過ぎる。

「ご心配なく。なんでしたらもう一錠、いまここで飲みましょうか」

やはり少し気分を害したようだ。笑顔を作ることで謝り、史香は質問を変えた。

「そこで何してるんです。捜しものですか？」

美島は無言のまま立ち上がると、指で後部タイヤを押し始めた。その動作で分かった。出発前の車両点検をしているのだ。いましゃがんでいたのは、車体の底に水やオイルの漏れが見られないかを確認するためだったようだ。

「課長はどうぞ、先に乗っていてください」

その言葉に、史香が助手席側のドアを開けたところ、

「いいえ、こっちに」

美島は後部座席を指さしてきた。

その指示にも黙って従い、史香は助手席の後ろに腰を下ろした。前シートの裏側が少し膨らんでいるのは、後部座席用のエアバッグが装備されているからだろう。

出発前の点検は終わっていないらしい。美島はまだ乗り込まず、代わりに今度は前タイヤのチェックをし始めた。

運転席を見やると、キーは差し込んであった。史香は後部座席から体を前に伸ばし、エンジンはかけずにラジオだけを点けた。

AM局から流れてきたのは県内ニュースだった。

《県知事が副知事二人制の導入案を県議会に上程しました》

《沢津橋市農協の職員が三百万円を横領した疑いで逮捕されました》
《作業員が軽傷を負った事故に労災の疑いがあるとして、建設業では県内最大手の丸本組に、県警が捜索に入りました》
アナウンサーがそこまでヘッドラインを伝えたとき、車の点検を終えた美島が運転席に乗り込んできて、エンジンをかけた。

4

会場の準備を手伝ってきます——そう言い残して美島が出て行くと、控え室に一人取り残された格好になった。

出発前にわざわざ車両を点検するだけあって、美島の場合は、運転もまた慎重そのものだった。市役所から市民会館まで三キロばかりの道のりを走ってきたわけだが、自分の目に狂いがなければ、制限速度をオーバーした瞬間は、ただの一秒もなかったはずだ。

それでもシンポジウムの開催まで、まだ十分以上の余裕があった。

史香は携帯電話を取り出した。半地下という、この控え室の立地条件が災いしてか、アンテナは一本しか立っていなかった。控え室を出て、ロビーの隅で改めて画面を見ると、今度は三本立っていた。

捜査二課の外線か、個人の携帯か。ちょっと迷ってから前者の番号を選んだ。

「市役所の課長と、本部捜二の警部だと、どっちが上だと思う？」

《県と市の違いを知らないのか？　小学校からやり直せ。でなきゃ用件を早く言え。こっちはそっちほど暇じゃない》

そうは言うものの、応答した耕史の声に棘はなかった。

「いきなりだけど、ロンブローゾって人、知ってる？」

《ロンブ……？　ああ。精神科医か犯罪学者だろ、イタリア人の》

「ええ。そのロンブローゾ博士が言うには、犯罪者の顔には決まった特徴があるんだって。要するに、額が少し狭く、頬骨が張っていて、上唇が薄いんだそうよ」

《らしいな》

「じゃあ二課は見込み違いをしているんじゃない？」

永倉の外見は、ロンブローゾの「学説」とはまるで反対だ。

「ねえ、本当にこっちの達磨さんがサンズイに絡んでるの？」

達磨さん――いま本部の捜査二課が使っているその符丁は「市長」を意味している。おそらく選挙用具からの命名だろうが、その由来が何であるにしろ、どこで盗聴されているともかぎらない。こういうきな臭い話で実名を出すわけにはいかなかった。

《ああ。間違いない》

市が発注する土木工事に絡み、永倉が丸本組から賄賂を受け取っている。そう耕史に教えられたのは、今回の辞令をもらった日のことだった。
折しも先ほど県内ニュースが伝えていた。県警が丸本組に捜索の手を入れた、と。労災事件としてのことらしいが、それはマスコミに真意を悟らせないためのカモフラージュだろう。労災といっても、作業員が軽い怪我をしたくらいではガサ入れなどしない。本当の狙いはサンズイの立件にあるとみていい。
「こっちの達磨さんがそっちに引っ張られたら、職員のなかからもワッパを頂戴するのが出てきそうね」
《ああ。達磨は自分じゃあ事務仕事なんてしないからな。入札の書類を作る下っ端が最低でも一人は協力しているはずだ》
「いいね、そっちばっかり点数を稼げて」
《いい？　馬鹿言え。反対だ。心配でしかたがない。こういう事件じゃあ、往々にして誰かが》
「誰かが自殺しちゃうからね」
そして不正の責任は、みなその死人に押し付けられてしまうのだ。
《分かっているなら、少しは気をつけておいてくれ》
「気をつける？　なんでわたしが？　達磨さんも下っ端もそっちの獲物でしょうに」

《おまえの仕事仲間でもあるだろうが》
「……まあ、いまだけはね」
《この話はもう止めだ。――おい、こんな無駄話をするためにかけてきたのか》
「いいえ」本題に移ることを伝えるために、史香は空咳を一つ挟んだ。「美島って覚えてる？　三つじゃなくて美しい方の島」
《昔、おれが辞めさせたやつか》
即答だった。
「そう。薫ちゃんの自転車を盗んだあの美島。彼の下の名前、何ていったっけ？」
《雅和》この答えも間髪を容れずに返ってきた。耕史の脳に、わずかだが嫉妬を覚える。
「なるほど。じゃあ、やっぱり兄弟ね」
《あいつの兄弟が市役所にいるのか》
「うん」
《上下どっちだ》
「上。兄貴」
《名前は？》
「忠和。わたしの下で課長補佐してる」
《狭い世の中だな。で、その兄貴がどうした。――待て。いったん切る》

どうやら上司に呼ばれたようだった。本部の捜二課長席には、たいていどこの県警でも、国から派遣されたキャリア官僚が座る。どんな若造なのか一度近くで見てみたい。

そんなことを思いながら、史香は携帯をしまい、小ホールへ向かって歩を進めた。

5

市民会館から出て、西に傾き始めた陽(ひ)を浴びると、たまらず大きな欠伸(あくび)が出た。並んで歩いていた美島に「失礼」と短く断り、もう一度盛大に酸素を取り込んでから、史香は言った。

「美島補佐は、明日、午後から出張でしたね」

内陸部の小都市、S町に新しくできた地域安全センターとやら。その視察にでかける予定になっていたはずだ。それは一週間ほど前に、永倉が市民部長を通じていきなり押し付けてきた業務命令だった。

「公用車で行くの?」

「ええ。そう市長から言われてますんで」

「高速を使うんでしょ。気をつけてね。覆面パトが張っている場所を教えてあげましょうか」

「ご心配なく」

「あなたが不在にしているあいだ、わたしはどうしていればいい？」

「書類の決裁をお願いします」

「それが終わったら？」

「自分で考えてください」

「あ、そう」

県警へ帰る前に、この部下と波長の合う日が、ただの一日でも訪れるのだろうか……。

職員用の駐車場へ戻ると、道路に通じる狭い通路に、黒塗りの高級車がしずしずと入り込んでくるところだった。フロントグリル部分に紫蘇（しそ）の葉を象（かたど）った市章マークがついていることから、市長の車であることがすぐに分かった。

「やっぱり暑くなりましたな」

後部ドアを開けて降りてきた永倉は、上着を脱ぐと手で自分の顔を扇（あお）ぎ始めた。

それにしても意外だった。本当にやって来るとは。

――できればわたしも課長のお話を拝聴したいですね。

今朝の言葉はただのリップサービスではなかったようだ。

「陶山課長、お疲れさまです。いま終わったところですか」

「ええ」

永倉は大仰に顔をしかめ、一足遅かったことを悔しがってみせた。「市民には、どんな話をしてくださったんですか」

「こんな話です」

言うなり、史香は右足をすいっと前に出し、永倉の体に素早く詰め寄った。そしてネクタイの結び目あたりに顔を近づけ、大袈裟に鼻から息を吸い込んでみせた。

「ちょ……。どうしたんです？」

さすがに驚いたか、永倉が一歩後退する。

「市長、もしかして、いま緊張なさっていますか」

「そうですね。まあ、ちょっとはしてますかな。今日も大事な公務がまだまだ詰まってますんでね。毎日、朝から晩まで気は抜けませんよ。――で、何をおっしゃりたいわけですか？」

「人の体臭は、緊張すると変化するんです。アドレナリンが分泌されることで汗や皮脂の臭いが強くなるわけです」

「……ほう」

「そうした現象を利用して、ある国では、体臭を使って犯人を当てるという捜査法を採用しています」

「それ、本当の話ですか」

「本当です。警察はまず、嗅覚の鋭い人を雇い入れます。そして容疑者を何人か連れてきて横一列に並べてこう言うんです。『いまから犯人をずばり当ててやるから、おまえら覚悟しろ』、って」

「真犯人はかなり緊張するでしょうね」

「します。ですからアドレナリンのせいで体臭が変化します。そこで鼻のいい人が、その変化を嗅ぎ当て、真犯人を当ててしまうわけです」

「驚きましたね。そんな面白い話をしたんですか。じゃあ、かなり受けたでしょう」

「まあ、ほどほどには」

「ところで陶山課長、お帰りはどうか、こちらをお使いください」

永倉は市長専用車を指さした。

「まさか、そういうわけには」

「ご遠慮なく」

「だって、市長はどうなさるおつもりですか」

「心配いりません。わたしは美島補佐の車で帰りますから」

「でも、やっぱり困ります」

市長車はトヨタのセンチュリーだった。皇族や首相が使っているのも、たしかこれではなかったか。こうまで目立つ車に乗っていたら、外からじろじろ見られるに決まっている。

耐えられない。

「いえ、実はですね、わたしは、これからちょっと、風ノ辺（かざべ）地区に寄って行きたいんですよ」

風ノ辺地区は、市の西端にある山間部の集落だ。先月の豪雨で大規模な土砂崩れが起きた地域だった。

そこの復興状況を見てから帰りたい、というのが永倉の言い分だった。

「ですから市長車では、ちょっと都合が悪いのです」

だとしたら永倉の言葉にも一理ありそうだった。被災して間もない土地に黒塗りの高級車で乗り付けては、なるほど住民感情を逆撫（さかな）でしかねない。

「そういう事情でしたら……」

しかたなく史香が頷くと、永倉は美島の肩を勢いよく叩（たた）いた。

「では、ちょっとばかり補佐をお借りしますよ。なに、一時間程度で戻りますから。――さ、どうぞお乗りください」

史香は黒塗りの後部座席に乗り込んだ。年配の運転手に目礼し、市役所まで帰るように頼んだあと、すぐにサイドウインドウのカーテンを閉じ、座席に身を沈めた。

自分の席に戻ると、待っていたのは未決裁の箱に入った書類の山だった。

判子片手に目を通しながら、必死に内容を理解しようとしているうちに、いつの間にか終業の時間になっていた。

押印した書類を既決の箱に入れ、史香は椅子を回した。東向きの窓から外を見やる。フイリピンから帰国したあと、三年間勤務していた県警本部のビル。その白い外壁が、西日を受け、鮮やかな橙色に染まっていた。

それにしても遅い。一時間ほどで戻ると言っていたのに、二時間以上が過ぎても、まだ美島は姿を見せない。ならば永倉も帰ってきていないということだ。

美島の携帯にかけてみようかと、机上の電話機に手を伸ばしたときだった。その電話が一足先にコール音を発した。

《落ち着いて聞け》

そういう耕史の声こそ、わずかに上擦っていた。

《いま交通課から連絡があった。風ノ辺地区の山道で事故があったそうだ》

おたくの市長と補佐の車らしい。そう告げられる前から、脳裏には一三〇〇ccの白いセダンが浮かんでいた。

「事故って、どの程度なの」

《車は大破だ。スピードの出し過ぎでカーブを曲がり切れなかったようだ。ガードレールにぶつかり、それを乗り越え、崖の下まで転落したって話だ》

「二人は……どうなったのよ」

《運転していた方は死亡。後部座席の方は重傷だが命は無事らしい》
「どっちが……ハンドルを握っていたの」
《訊くまでもないだろう。課長補佐が市長に運転をさせるか》
耕史は電話を切った。
美島が死んだ。事故で。
事故……？　馬鹿な。彼の運転は慎重だった。スピード超過など考えられない。
これは事故ではないのだ。だとしたら――。

6

昔、交通課にいたとき、先輩の課員から事故現場の略図について教わった。

「簡単に描け」

それが教えの、ほとんどすべてだった。

車は、スポーツカーだろうが軽トラックだろうが、どんな種類でもただの四角形でこと足りる。道路は二本の線だけで表現する。それで十分だという。

そして先輩は「特に簡略化しなければいけないのは人だ」とも言った。頭はただの丸印。胴体と手足は一本の線だけで表す。けっして目鼻や髪の毛を描き加えたり、服を着せたり靴を履かせたりしてはならない、ということだった。

なぜか。

詳しく描こうとすればするほど、凄惨な現場が頭に焼き付いてしまうからだ。下手をすれば、それは一生記憶から消えないらしい。その光景は、ことあるごとにフラッシュバックでよみがえる。そうした、いわゆる惨事ストレスという現象で深く心を病んでしまった警察官は、数え切れないほどいる、という話だった。

この教えは、交通畑を離れて十年以上が過ぎたいまでも、深く記憶に刻んであった。それゆえに、耕史から事故の様子を聞いたとき、永倉も美島も丸と線だけで脳裏に描くことができたのだ。

だが、美島の顔だけは、いまは違う。あれから三日ばかりが過ぎるうちに、単なる丸印は徐々に美島本人の輪郭をとり、目鼻を持つようになっていた。彼がどんな表情で死んでいたのか、実際に見てはいないが、いまではよく分かるような気がする。

薄く開いた目蓋も、堅く閉じた口元も、鼻のつけ根に寄った皺も、はっきりと想像されてしかたがない。あたかも自分が、事故現場にしゃがみこみ、間近で美島の顔を見下ろしているかのように、細部まで脳裏に浮かんでしまい、どうしようもない……。

耕史がやってきた。刑事課の布施も一緒だ。

「永倉が辞めたらしいな」

耕史に声をかけられて、史香は我に返った。

「え……。うん」

永倉が病院のベッドから、弁護士の手を通じて辞職願を議会に出したのは、十九日土曜日——今日の早朝だった。

まだ二課のガサ入れは終わらなかった。永倉と美島に対する捜索令状は十六日のうちに出ていたらしい。美島の葬儀は、今日の午後に執り行なわれた。それを待ってから捜索を開始したのは、死者に対するせめてもの礼儀というつもりだろうか。

美島の机から書類を取り出しては段ボール箱に詰める作業を続けながら、耕史は、

「おまえも出すか」

声だけをこちらに投げてよこした。

出す？　辞表をか。

「つらいだろ、その席に座っているのは」

「大丈夫」

「そうは見えない」

ほっといて。口に出して言う代わりに、史香は課長席の机に肘(ひじ)をつき、手の平で顔を覆った。

塞(ふさ)ぎ込むなという方が無理だ。

美島の死。それが事故でなかったとしたら……自殺ということになる。するとどうやら、永倉が汚職の手下として使っていた職員は美島だったようだ。かつて入札管理課にいた人材だから、契約事務にも通じていたことだろう。重宝したのではないか。

あのとき永倉が市民会館に姿を見せたのは、おそらく、美島と善後策を相談するためだろう。風ノ辺地区に向かうというのも単なる口実で、車の中で二人だけになるのが目的だったのだと思う。

――丸本の落札は、すべておまえが独断でやったことにしろ。心配するな。後の面倒はみるから。

永倉は美島に、そんなふうに詰め寄ったのかもしれない。

だとしたら、その言葉を耳にしたとき、美島はなんと答えたか。おそらく無言だった。彼のことだから、そんな気がする。言葉を発する代わりに、胸のうちで決意したのだ。一人では死なないと……。

いまはただ悔やまれてならない。自殺に気をつけろ――そう事前に耕史から言い聞かされていたことがだ。言い聞かされておきながら、防げなかったことがだ。

洗面所に行き、戻ってくるや、史香は直立の姿勢をとらなければならなかった。沢津橋中央署の署長の姿がそこにあったからだ。これから県警の刑事部長も臨場するという。永倉は腐っても市長だったのだと思い知らされた。

「自殺、だな」

署長が布施に同意を求めている。

「お言葉ですが」史香は二人の間に割り込むように一歩踏み込んだ。「美島の運転は、かなり慎重でした」

署長が視線を合わせてきた。「だから？」

「そのような人物が、死ぬために車を使うとは思えません」

布施が手で虫を払うような仕草をした。「あの場合なら別じゃないのか」

美島には、永倉を道連れにするという強い目的があったのだ。ならば車は、その目的を成し遂げるうえで格好の道具となる。それが布施の見解だった。

「助手席ならたしかに危ないと思います。ですが永倉は市長でした。当然、後部座席に座りますし、あのときだって現にそうしていました。しかも美島の車には、後部座席用のエアバッグまでついていました。道連れにするには、あまりいい条件とは言えません」

「……だったら何だったっていうんだ。事故でもない自殺でもない。そうなったらあとは何も残ってないだろ」

まだある。一つ、いちばん強烈なやつが。

史香は立ち上がり、投薬カレンダーを手で指し示した。

「美島が高血圧を患っていたのはご存じですか」

「ああ。さっき聞いた」

「では、もし薬を飲み忘れでもしたら、体調が急におかしくなったりするわけです。――ところで十六日の昼間はどうだったかと言いますと、しっかりと服用しました。それは断言できます。わたしがちゃんと念を押して確かめましたから。しかし」

ピンセットを使い、壁の投薬カレンダーの右隅にある袋から、白い降圧剤を一つ取り出した。続いて、自分の懐から小さな壜を出し、それに入っていた薄緑色の錠剤を一つ、代わりに袋のなかへ入れた。

「何の真似だ、それは」

「これは」史香は、いま降圧剤の代わりに入れた錠剤をピンセットで指し示した。「ただのビタミン剤です」

「別の薬に掏り替えられていた、というわけか。色や形が美島の薬にそっくりで、だが降圧作用など微塵もない別の薬に」

降圧剤を飲んだつもりだが、実は血圧とは関係のない偽薬だったとしたら、どうだろう。何が起きるか。

山道のカーブに差し掛かったタイミングで意識を失う――そういう事態も起こりうる。

「だけど、誰が掏り替えた?」

「このオープンな状況です。誰にでもできたと思います。周りに人目さえなければ」

「夜、最後に帰る職員か」

「ええ。でなければ、朝一番に登庁してくる者です」

「そうか」布施は声を潜めた。「たしかに永倉なら、口封じという動機を持っている。でも、彼のはずがない」

　署長も顔を寄せてきた。「どうしてだ」

「聞き込みによれば、永倉はあのとき、自分から進んで美島の車に乗ったらしいからです。そうだな」

　同意を求めてきた布施に向かって、一応は首を縦に振ってやったあと、史香は投薬カレンダーの前に立った。ピンセットの先でカレンダーの左端――「土」と印字されたシールを軽く叩いてみせる。

「ですが、こうは考えられませんか。犯人もまた勘違いをしていた、と」

　永倉は、十七日木曜日の午後に美島を事故に見せかけて始末するつもりだった。だから、左から五番目の袋に入った降圧剤を、形の似た別の薬と掏り替えておき、車で出張するよう命令した。

　だが、この投薬カレンダーは土曜日から始まっている。左から五番目は木曜日ではなく水曜日なのだ。

史香は、左から五番目で「昼」の段にある薬袋に指先を向けた。

「この空袋を調べてみれば、はっきりするかもしれません。うまくいけば、永倉の指紋も出るのではないでしょうか」

布施が部下に命じてその投薬カレンダーも押収していった。

課内が静かになってから、史香は手帳を開いた。鉛筆で書き付ける。

午後五時二十八分捜索開始。

午後七時十六分捜索終了。

故人の真似をしたところで、供養になるかどうか分からない。だが、しばらくのあいだは、やるだけやってみようと思った。

第六話　予兆

1

三番ストリートにある『なまず屋』の前に、その男は自転車を停めていた。歳は二十歳前後か。道路端に身をかがめている。明らかに何かを探している様子だ。

男の前をいったん通り過ぎたものの、耕史は結局足を止めた。

「どうかしました？」

振り返って訊ねながら、男の人着を観察する。

すると真っ先に連想されたものがあった。ボウリングのピンだ。首の部分に赤い横ラインが入った白いセーターを着ているから。そうした理由もあるが、何よりも体型が似ていた。顔が細長く、歳のわりには腹が出た男の体型は、お世辞でもしまりがあるとはいえない。

男の口からは何の応答もなかった。相変わらず石畳の歩道に目を落とし、しきりにあちらこちらを見回しているだけだ。

「何を探しているんです？」

質問を重ね、男の自転車に目を移した。車体の色は黄色だ。どこかで転んだか、籠がひしゃげている。前輪の泥除けにはマジックペンで名前が書いてあった。

園山研吾。それが、この男の名前のようだ。

自分が勝手に『なまず屋』と呼んでいる店は、実のところは花屋だった。店舗数が百二十を数えるこの《千歳通り商店街》で唯一のフラワーショップだ。『フローラ園山』の看板と男の苗字には一致がある。たぶん経営者の息子だろう。

「鍵」ふいに研吾が答えた。「探してる。鍵、探してる」

何の鍵かは、黄色い自転車の後輪を見れば明らかだった。馬蹄錠がロックされたままになっている。

研吾は店内にしまっていたこの自転車を往来に運び出した。そこまではいいが、いざ乗ろうとしたとき、持っていた鍵をうっかり落としてしまった。そういうことらしい。

『フローラ園山』の入り口には、鯰を象った陶製のマスコットが掲げてある。『なまず屋』の由来だ。それを間近で一瞥してから、軒先に並べられたいくつものプランターのうち一つに目をつけた。

白いコスモスがいっぱいに植えられたプランターだった。店の商品ではなく、飾り付けの小道具らしい。

それを上から覗いてみると、案の定、最も背の高い茎の根元に、金属片が落ちていた。雲形定規のような形状からして自転車の鍵に間違いない。黒い土に、先端部分が軽く突き刺さっている。

拾って渡してやると、研吾は目を伏せたままわずかに頭を下げた。とはいえ、言葉での礼はなかった。探し物が見つかって嬉しいはずなのだが、表情にも変化が見られない。

「誰ですか」

ふいに彼がそう訊いてきた。

「あなたは、誰ですか」

耕史は自分の胸元を自分で指差した。「こっちのこと？」

研吾が頷く。

「別に。ただの」

ただの通りすがりだけど。そんなふうに答えようとした。だが言葉を継いだのは研吾の方が先だった。

「おまわりさんなの？」

耕史は指先を自分の体に向けたまま固まった。

「おまわりさんなの？」

「違う」答えた声のトーンが少し高くなった。「そんなふうに見えるのか」

「これ」研吾は鍵に目をやった。「すぐ見つけた」

「探し物が得意だからって、警察官だとは限らない」

そう応じたものの、こちらがその台詞を最後まで言い終えないうちに、研吾はもう横を向いてしまっていた。先ほどのプランターに向かって腰をかがめている。かと思うと、そこから白いコスモスを一本抜き取り、すっと差し出してよこした。

「……ありがとう」

受け取り、軽く頷いてから、今度こそ花屋の前を立ち去った。

全天候型の高層アーケードで覆われた歩道を二十メートルばかり北へ向かって歩いたところで右折し、細い路地に入る。

路地を抜けて隣の四番ストリートに出ると、ふたたび右折した。

そして今度は南に向かって歩を進める。同じく二十メートルばかり行き、右手に建つ「古関ビル」を目指した。

北上し、右折し、右折し、南下――『フローラ園山』の前から、ちょうどステイプラーの針でもなぞるような形に歩いてきた。だからこのビルの向こう側には先の花屋がある格好だ。

ビルの外側には鉄製の螺旋階段が取り付けられていた。

それを三階まで上り、古びたスチールドアを開けた。

なかに入ると、そこは殺風景という言葉を絵にしたような部屋だった。元は小さな会計事務所だったらしいが、とっくに閉鎖されている。ここ一年ばかり借り手のついていない部屋だった。

沢津橋中央署が、張り込み場所としてここをレンタルしたとき、十畳ほどのスペースに残されていたものといえば大型の書類キャビネットだけだった。

いまは他に、事務机や椅子、それに電子レンジなどの自炊道具が置いてあるが、それらはみな刑事課から持ってきたものだ。

布施はこちらに背中を向けていた。椅子の一つを窓際に引きよせ、ブラインドの隙間から下の通りに目をやっている。

「お疲れさまです」

声をかけても布施は振り返らなかった。ただし、

「三分遅刻だぞ」

との返事だけは背中で投げてよこした。

「時間どおりだと思いますが」

張り込みの交替は午後三時だ。耕史は自分の腕時計に目をやった。短針は「Ⅲ」の数字を指し、長針はいまぴったり「Ⅻ」の数字を指している。常時、標準電波を受信し、誤差

を自動的に修正するタイプの時計だから、一秒の狂いもないはずだ。

耕史は部屋の隅に目をやった。長机の上に電子レンジが置いてあり、その横には赤いボディの目覚まし時計が見える。

「子供のころに注意されませんでしたか。テレビのそばには時計を置くなと。レンジだって同じです」

電磁波を出す家電製品は時計の針を狂わせる。誰でも知っている常識だろう。

耕史は目覚まし時計を手に取った。針を正確な時刻に直してやったあと、電子レンジから離れた場所に置いた。

返す手で、屑籠の中からウーロン茶のペットボトルを一つ拾い上げた。流しで水を入れ、手にしていたコスモスを挿してから、事務机の上に飾る。

「モノクロ写真の技術で──」コスモスを眺めながら布施の背中に声をかけた。「一部だけカラーにするってやつがありますよね」

あれのようだ。たった一輪の花がこれほどよく映える場所も珍しい。

コスモスの前を離れ、耕史も窓際に立った。布施と並び、ブラインドの隙間から三番ストリートを見下ろす。

アーケードの高さは十メートルを超えているため、三階でもまだドーム屋根の下だ。窓ガラス以外に、向かい側に並ぶ店舗までの見通しを遮るものは何もない。

正面に位置する『フローラ園山』からすぐ左に目をやると、そこがアクセサリーショップ『ルックス』の店舗だった。

閉ざされたシャッターには、紙切れが一枚、ガムテープで貼り付けてある。マジックで書かれた【都合により休業いたします】の文字はやけに小さく、この位置からであれば、オペラグラスでも使わないと読み取ることは難しい。

中国人の爆窃団が動いたのは、一か月ほど前だった。一番ストリートにある宝石店から、建物のコンクリート壁をＴＮＴ火薬で吹き飛ばすという手口を用い、一億円を超える貴金属を盗み出した。

――手引きをしたやつを知ってる。

そんなタレこみが、この界隈に詳しい情報屋からもたらされたのは、事件発生から十日ほど経ったころだ。

――斉木って男だよ。三番ストリートで指輪やらネックレスやらの店をやってる。

以来、こうして張り込みを続けているが、犯行直後から行方をくらませ続けている斉木は、いまだ自分の店に姿を見せていなかった。

「動きはありました？」

「ないよ」布施がようやく顔をこちらに向けた。「退屈でしょうがない。暇つぶしになったのは、おまえが自転車の鍵を拾ったことぐらいだ」

当然、布施は見ていたはずだ。

「それにしたって、目立つ真似をしてくれたもんだ。斉木の店から丸見えの位置だぞ。すぐ隣なんだからな」

耕史は布施から顔をそむけた。何も言い返せない。

先ほど、本当は黙って『ルックス』の前を通り過ぎるだけのつもりだった。店内に人の気配があるかどうかを感覚的に摑めれば、それでよかった。

斉木はこちらの顔を知らない。とはいえ、行確対象者が潜んでいるかもしれない場所で、捜査員が一定時間姿をさらすというのはいただけない。張り込みの鉄則に反する行為だ。

「まあいいさ」

布施は、振り返るとコスモスを挿したペットボトルを手に持った。

「人助けはしたんだからな。小さな親切ってやつも捨てたもんじゃない。いつか、めぐりめぐって自分が救われる。——ちょっと変わってるだろ、あの研吾って男」

「ですね」

「軽い知的障害があって、コミュニケーションも苦手だって話だ。奇行も目立つ。だけど悪いやつではないらしい。毎朝、人が起きる前に、三番ストリートを端から端まで箒で掃いている」

布施は、斉木の近辺に住む人物の素性について、一通りの聞き込みを済ませているようだった。

「それに勘もいいですし」

そう付け加えてやると、布施が目を合わせてきた。やや眉毛を上げてみせることで、どういう意味だ、と訊いてくる。

「見抜いたんです、一発で。こっちが警察官だってことを。——ところで、前から不思議に思っていたんですが」

耕史はブラインドの隙間から『フローラ園山』の入り口ドアを指差した。

「あれ。店のマスコット。なぜ鯰なんです？　魚屋でもあるまいし」

「あの一家はな、ここに来る前は神戸にいた」

震災に遭って引っ越してきた、ということか。

なるほど、そう言われれば、あの鯰と同じものを以前見たことがある。地震除けで名高い神社でのことだ。そこで売っているお守りが、あんな形をしていた。

「そうですか……」

耕史はまた『ルックス』に視線を戻した。

まあいいさ——そう布施は言ったが、よくはない。斉木逮捕の妨害になるような真似をしていたのでは、この任務についている意味はない。

耕史は、下りきったままになっているシャッターを睨み付けた。

2

午後九時。三番ストリートの店が次々に「閉店」の札を掲げていく時刻だが、斉木の店には、いまだ何の動きもなかった。シャッターはぴっちりと閉まったままだし、窓に明かりが灯ることもなければ、カーテンだってそよとも動かない。こうなると、冬眠に入った亀か、そうでなければ食事を終えた二枚貝でも相手にしているような気がしてくる。

ガセネタか……。

重い目蓋をこすり、伸びをしてから、耕史は手にした紙に目をやった。

捜査用のメモだ。斉木の顔写真が印刷してある。その横に添えてあるのは、髭や眼鏡を描き加えたイラストと、人着についての記述だった。

【面長で短髪。黒縁の伊達眼鏡。肩部分にアメリカ空軍のワッペンがついたボンバージャケットを好んで着用】

ふたたびブラインドの隙間から通りを見下ろし、一致する人物がいないかと目を凝らしていると、向かいの店舗から人影が姿を現した。ただしアクセサリーショップではない。隣の花屋だ。

出てきたのは研吾だった。

わっ、わっ――。断続的に奇声を発し、サンダルを履いた足で、三番ストリートを南の方へ向かって猛然(もうぜん)と走り始めた。

やや遅れて店からもう一人、今度は五十年配の女性が姿を見せた。ＳＯＮＯＹＡＭＡと文字の入ったエプロンをしている。おそらく研吾の母親だろう。彼女の姿から、またボウリングのピンが連想された。顔よりも体型が似るタイプの親子も、世の中には多く存在している。

待ちなさいと声をかけながら、母親もまた、研吾と同じ方向へ走っていった。

それからいくらも経たないうち、今度はドアの外でスニーカーの底が鉄板に触れる音がした。この部屋なら呼び鈴は不要だ。鉄製の螺旋階段ほど人の足音をよく拾う構造物は他にない。

ドアが開いた。買い出しに行っていた布施が帰って来たのだ。

「残念だな。レタスバーガーはなかった」

布施の手が背後から伸びてきた。包み紙が握られている。受け取って開いてみた。中身は嫌いな肉まんだった。

「文句はコンビニの仕入れ担当者に言えよな」

その言葉に続いて、容器にお湯を注ぐ音がした。布施はカップラーメンを食べるつもりのようだ。

「三分経ったら教えてくれ」

続いて、書類キャビネットの方からガタガタと物音が聞こえてきた。

振り返ると、布施は靴を脱いで椅子の上に立っていた。キャビネットと天井の隙間に、つっかえ棒のようなものを設置している。

「何をしているんですか」

「見て分からないか。固定してるんだよ。なにせ古いビルだからな。何かの拍子にこれが急に倒れてきたらコトだろ」

耕史はカーディガンを羽織った。もう巷(ちまた)では衣替えの時期だ。電気ストーブの横にいてもトイレが近くてかなわない。

やがて南の方からボウリングのピンが二本、戻ってきた。先を歩くのが母親。少し離れて研吾。彼女の手は息子の手首をしっかりと握っている。

二人が店の勝手口から中に消えると、

「まだか」

背後から布施に声をかけられた。

「どっちがです？　斉木のことですか。それとも先輩のラーメンですか」

「後ろの方だ」

腕時計に目をやりながら答える。「まだです」

「本当か。三分どころか、もう五分ぐらい経っただろ。よく見てみろ」

言われて初めて気づいた。腕時計の秒針が止まっている。電池が切れてしまったようだった。

耕史は、文字盤のガラスを、指先で軽く何度か叩いた。すると長針は「Ⅵ」の位置から一気に「Ⅶ」まで進んだ。刺激を受け、電池が一時的に復活し、電波を受信したのだ。

「すみません」

「ちゃんと交換しとけ。署に出入りしている時計屋がいるだろ。あそこに頼めば、かなり割引してもら――」

布施が言葉を切ったのは、こちらが唇の前に人差し指を立てたからだった。

「……すみません。でも、聞こえましたよね、いまの」

布施が頷きながら窓際にやってきた。

「珍しいな。遠吠えなんて。さっきから続いている」

どこかの飼い犬だろうか、それとも野良犬か。どこまで息が続くのか試すかのように、かなり長く吠えている。しかも独唱ではない。一頭が吠えると、別の一頭が同じように長く尾を引くハウリングで呼応している。

「で、動きはあったのか」

布施がカップ麺を手にしたまま横に立った。ブラインドの隙間から向かい側を覗き始める。昼間とは立場が逆のシチュエーションだ。

「斉木はまだ戻りません」

ふん、と頷き、布施はカップ麵に箸を突っ込んだ。

「昇任試験の勉強でもしてたらどうだ。退屈で死にそうだろ」

「そうでもありません。さっき花屋の息子がどこかへ走っていきました。間もなく母親に連れ戻されましたが。何だったんでしょうか、あれは」

気にするな。そう答えたつもりだろう。布施は不味そうにカップ麵をすすりながら、窓際に置いてある丸テーブルの上で手帳を開いた。

○高級外車連続盗難事件
○デパート客連続ストーカー事件
○カメラ店主殺害事件
○ベテラン演歌歌手転落死事件
○小学校教諭ニコチン自殺事件
○外国人留学生集団失踪事件
○郵便局立て籠もり事件
○高校生ハッカーネット詐欺事件
○県立病院医療ミス事件

○数字破り盗難事件
○市立大学学生寮毒物混入事件
○連続農協支所恐喝事件
○八千万円強奪逃走事件
○市役所職員事故死事件
○二千円札偽造事件

　布施の手帳には手書きでそんな文字が書き連ねてあった。

「ちょっとした歴史ですね」

　手帳のメモは、あと数年で定年を迎える布施が、長い刑事歴の中で関わってきた事件に違いなかった。二十五歳のころから刑事畑一筋だったと聞いている。三十数年間の記録にしては数が少ないから、担当した全てというわけではなく、その一部なのだろう。

「書き出してみたよ。そろそろ思い出を整理しておかなきゃならない時期なんでな。ここに書いた事件には共通点がある。何だか分かるか」

「……いいえ」

「一晩やる。考えてみろ」

3

目が覚めたとき、椅子から尻がずり落ちそうになっていた。

しかも肩のあたりが異常に凝っている。首を左に傾けたまま寝入ってしまったせいだ。

体勢を立て直すのがやけに億劫だった。眠りはしたが、疲れは取れていない。体は重く痺れている。

事務机に置いた赤い目覚まし時計は、午前五時まであと三分だと告げていた。

耕史はブラインドを指先で押し下げ、通りに目をやった。

斉木の店には、やはり動きがない。

その隣、研吾の店舗も穏やかだ。

四日前の晩を思い出す。犬の遠吠えが聞こえた夜だ。あれ以来、自分の張り込み中に研吾が奇行を見せることはなかった。

ほどなくして、その研吾が箒と塵取りを手に、店の外に出てきた。きっと気に入っているのだろう、今日も白に赤いラインの入ったセーターを着ている。履いているのは相変わらずサンダルだ。

だが今回は、すぐに掃き掃除を始めたわけではなかった。店の前に立った彼は、ぽかんと口を開け、ただ上空を見上げている。

耕史もブラインドの角度を変えた。研吾につられる形で、アーケードの天井部分に目をやってみる。

透明なポリカーボネートの屋根を通して見た空には、自衛隊の戦闘機でも飛んだのだろうか、細長い雲が、低い位置にたなびいていた。

研吾には、あの雲が気になってしかたがないらしい。

耕史は欠伸（あくび）をしながら、ブラインドの角度を戻した。

『ルックス』の勝手口に誰かがいた。

涙で滲（にじ）む視界に捉（とら）えたその人影は、若い男のものだった。いま店内から出てきたところのようだ。ドアに施錠（せじょう）しようと、鍵をノブに差し込んでいる。

男が身にまとっているものは、焦茶色のボンバージャケットだ。肩のあたりに派手な図柄のワッペンがついている……。

吸い込んだ息が、軽い悲鳴のように聞こえた。

椅子から跳ね起きたとき、テーブルの角に足をぶつけた。はずみで飲み物をこぼしてしまったが、かまわずに携帯をひっつかみ、部屋を出た。裏口は使わない。建物内部の階段を駆け下り、三番ストリートに面した古関ビルの表玄関の方へ向かう。

玄関ドアから、もう一度ボンバージャケットの男を見やる。面長で黒縁眼鏡をかけていた。斉木に間違いない。

携帯で布施を呼び出した。

「いました」

《どこだ》

「店の前です」

自分の声が沈んでいる。それがはっきりと分かった。

とんだ失態だった。居眠りをしている間に、斉木は帰ってきていたのだ。本当はそのときに報告を入れておかなければならなかった。始末書を書かされることは、もう間違いない。

しかし挽回する手は残されている。この手であいつを捕まえればいい。

施錠を終えた斉木が振り返り、ビルの玄関から通りへと足を踏み出す。

耕史も動いた。そそくさと三番ストリートに出てきた。そのタイミングを見計らい、耕史も動いた。ビルの玄関から通りへと足を踏み出す。歩道の低い段差にスニーカーの爪先をひっかけ、転びそうになった。逸る気持ちを抑え、斉木に近づいた。

――このお店、今日も閉店なんですかね？

番カケのとっかかりとして、そんな言葉を喉元に準備したときだった。

「危ない」

誰かが先に口を開いた。

「ここ危ない。逃げて」

声の主は研吾だった。先ほどまで上を向いていたが、いまはこちらに視線を向けている。耕史は足を止めた。研吾から斉木に目を戻すと、彼も何事かという顔で立ちすくんでいた。

箒も塵取りも地面に放り投げ、研吾がこちらに近づいてきた。

「危ない。ここ、駄目。ここ、駄目」

そこまで早口で言い、一拍置いてから、研吾は付け加えた。

「おまわりさん」

その一言に、斉木が目を見開いた。顔色も急激に変わった。誰かの透明な手が、信じられないほどの早業で、彼の額や頬に白塗りの化粧を施したように思えた。

次の瞬間には、斉木はもうボンバージャケットの裾を翻していた。

猛然と走り去る相手を追いかけようと、耕史も一歩を踏み出した。だが二歩目は出せなかった。

「ここ危ない」

研吾に左手の手首を摑まれたせいだ。

かと思ったのも束の間、今度は後ろに引っ張られた。背後によろめき、倒れそうになる。斉木との距離が一気に開いた。

「ここ駄目。危ない」

研吾の力は強かった。スニーカーを履いた足の爪先に力を込め、石畳の上に踏ん張ったが、それでも体を持っていかれてしまう。

「離せっ」

研吾に摑まれている左手をやみくもに振った。そうやって抵抗すればするほど、相手は指先に力を入れてくる。

埒があかない。耕史は逆に自分から研吾の方へ向かって踏み込んだ。相手の真横に並ぶようにしてから梃子の原理を利用し、摑まれていた手を切る。同時に右手で脇腹に手刀を入れた。

研吾が呻いて体を折り曲げたときには、もう斉木の姿は視界から消えていた。

携帯を取り出す手も、布施の番号をプッシュする指も、震えてならなかった。

「逃げられました」声も掠れた。「邪魔が入って」

《やつはどっちに行った》

「二番ストリートの方です」

大丈夫だ。問題はない。手柄は布施に取られることになりそうだが、斉木は捕まる。

問題は、こっちの方だ……。

背後を振り返ると、研吾は脇腹を押さえて蹲ったままだった。

その様子を見ながら、耕史は自分の右手をさすった。少しばかり手刀の勢いが強すぎたか。もしかしたら、肝臓をもろに打ってしまったかもしれない。

研吾のそばまで戻り、しゃがんで彼の顔を覗き込んだ。

目をきつく閉じて痛がっている。ならば大丈夫だ。攻撃を食らった位置が本当に急所なら、表情自体が死ぬ。苦悶(くもん)の面持ちすら作ることはできなくなる。

とりあえず手を差し伸べ、体を起こしてやった。

「どうして？」

邪魔をした理由を訊いても、相変わらず研吾は答えない。代わりに、

「……ここ……危ない」

同じ言葉を繰り返し、まだこちらの手を摑もうとする。

その動きを躱(かわ)しながら、腕時計に目をやった。始末書にしても報告書にしても、仕上げるには時間を確認しておかなければならない。

舌打ちをしたくなった。もうとっくに夜は明けているのだが、腕時計の短針は「Ⅲ」の辺りにある。秒針はまた止まっていた。

落ち着けと自分に言い聞かせながら、今日もガラス面を指先でタップすると短針が「Ⅲ」から「Ⅴ」まで駆け抜けた。

容疑者を取り逃がした時刻は、午前五時ちょうど――そう思った瞬間だった。

鼓膜に殴られたような感覚があった。

周囲に轟音（ごうおん）が響き渡ったせいだ。

同時に、内臓を揺さぶられるような衝撃を覚えていた。

目に映ったのは、『ルックス』のシャッターが通りに向かって吹き飛ぶ光景だった。かと思うと、すぐに視界が濃い煙に覆われ、何も見えなくなった。

ただ、風圧に押されるようにして研吾の体がこちらへ突進してきたことだけは分かった。大柄なその体を受け止めるには、気力も体力もなさすぎた。耕史は研吾を抱きかかえるようにして石畳の地面に背中から倒れ込んだ。

4

待合室の椅子に座りながら心がけたのは、できるだけ浅く呼吸をすることだった。マスクを持ってくればよかった。病院の空気は好きになれない。咳（せき）をする患者が多いからでもあるが、何より薄く漂う薬の臭（にお）いが苦手だった。

ハンカチを口元に押し当てながら、耕史は立ち上がった。会計の窓口から名前を呼ばれたためではない。待合室のテレビが夕方の地域ニュースを流し始めたからだ。

《今朝早く、千歳通り商店街のアクセサリーショップ『ルックス』で爆発がありました》

最前列に座ってもなお、少し体を前に倒して、耳をテレビに近づけなければならなかった。まだ鼓膜に爆音が残っているような気がして、アナウンサーの声が聞き取りづらい。

《なお、この事故による怪我人はありません》

報道されたのはそれだけで、アナウンサーはさっさと次のニュースに移ってしまった。

「事故」か……。

あれがガス爆発ではなく、斉木の故意だと知ったら、マスコミももう少しこの一件に関心を示すに違いない。その斉木は、あの後すぐに布施に捕まったのだが、そのことすら報じられないのは署が発表を控えているからか。

斉木が爆窃団から爆弾や火薬を譲り受けた可能性については、もちろん刑事課としても考慮していた。だが、まさかそれで自分の店舗を吹き飛ばし、犯罪に関与した証拠の隠滅を図るとは思ってもみなかった。

なるほど失態といえばいえないこともない。

「どうだった、耳は」

隣に布施が座った。手にはセカンドバッグを持っている。

「すみませんが、もっと小さな声で喋ってもらえませんか」

そう答えることで、聴力検査の結果が「異常なし」だったことを告げた。軽い耳鳴りだけはまだ続いているが、そこまで教えてやる必要はないだろう。

「あんまり落ち込むなよ」

居眠りの一件は正直に上へ報告した。案の定、署に帰れば始末書の作成が待っている。

それを布施は知っているようだ。

「借りてきてもらえました？」

「ああ」

布施はバッグの中からポータブルのＤＶＤプレイヤーを取り出した。

受け取って、膝の上に載せた。

再生すると、まずモニターに映ったのは、自分の後ろ姿だった。

対面する位置には研吾がいる。

画面の隅に表示された日付は今日。時刻は午前四時五十九分。

プレイヤーに入っているのは、千歳通り商店街の振興組合から借りてきたディスクだった。防犯カメラが捉えた今朝の映像だ。

モニターのなかで、自分が腕時計を指先で叩いた。

その後すぐに『ルックス』の店のシャッターが吹き飛び、画面には煙しか映らなくなった。

プレイヤーの中に入っているディスクに記録された映像の容量は一メガバイト程度だった。再生すれば七秒間だ。

その七秒間を、耕史は三度ばかり立て続けに再生してみた。

思ったとおりだった。

「先輩、これを見ましたか」

「ああ」

「だったら思いましたよね。おかしいと」

「いいや。どこがだ」

「ここです」

DVDプレイヤーを布施の膝に載せ、腕時計を叩いたシーンからコマ送りで映像を再生した。

最初のコマ。目立った動きはない。

次のコマ。研吾の体が動いた。だが斉木の店のシャッターはまだそのままだ。

次のコマ。研吾がまた一歩こちらに近づいてきたとき、シャッターが外側に向かって大きくひしゃげた。爆発の瞬間だ。

「……なるほど」

布施は腕を組み、頬杖(ほおづえ)をついた。

5

電子レンジを運び出すと、あとはほとんど何もなくなった。残してある警察の備品は、事務机と椅子。そして一台のポータブルＤＶＤプレイヤーだけだ。あとはペットボトルに挿したコスモスぐらいか。

「名残惜しいな」

ブラインドの紐をいじりながら、布施が呟いた。

「もしかして気に入っていたんですか、こんなところが？」

「何となくな。もっと値段が安けりゃ、住んでやってもよかった」

元は事務所として使われていた場所だ。それなりの広さがある。いくら古いビルとはいえ、家賃は安くない。不動産屋から手渡された請求書には、三週間のレンタル料として二十万円に近い金額が記載されていたらしい。捜査には金がかかるのだと実感する。

十月六日の早朝だった。

店舗の爆破と斉木の逮捕は一昨日、四日のことだ。本当は昨日のうちにここを引き払う予定だったが、刑事課では誰もが仕事に忙殺され、引っ越し要員が確保できなかった。だからレンタル料を無駄に一日分払ったことになる。

耕史は腕時計を見た。普段は使っていない機械式の時計だ。例の電池が弱った電波時計は、いま布施に預けてある。

午前五時になり、研吾が箒と塵取りを手に、店舗から出てきた。

店の前を掃き始める。

耕史は窓から紙飛行機を投げた。うまく飛ばずに、このビルの壁に当たり、そのまま落下した。

別の一機を飛ばす。飛行機に姿を変えた書き損じの始末書は、今度こそうまく花屋の息子が握る箒の前に着地した。

拾い上げた研吾が上を見上げる。

「持ってきてもらえる?」

窓から頼んだところ、ほどなくして階段に足音があり、ドアの向こう側に人影が立ったのが気配で分かった。

「どうぞ」

研吾が入ってきた。掃除用具を持ったままだ。それを入り口に立てかけておくように言ってから、手招きをした。

研吾が紙飛行機を差し出してきた。

「ありがとう。ちょっと話をしたいんだけど、いいかな。座ってもらえないか」

事務机の椅子を手で示すと、研吾がおどおどしながら腰を下ろした。

「すまないが、これを見てもらえないか。時間は取らせないから」

DVDプレイヤーの画面を彼のほうへ向け、再生ボタンを押した。

爆発の直後は呆然(ぼうぜん)としていたせいで、思い至らなかった。違和感を覚えたのは、あの日の昼も過ぎてからだった。

研吾の体がぶつかってきたのは、爆風で吹き飛ばされたせいだと思っていたが、そうではなかった。映像にも記録されているとおり、彼の体が動いたのは爆発の前だった。

これはどういうことか。

もしかしたら、研吾は知っていたのではないのか。斉木が店に爆弾を仕掛けたことを。そして、それが午前五時ちょうどに爆発することを。だから、時計が五時を指したのを見て、慌てて逃げようとした。そういうことではないのか。

すると、彼が何らかの形で斉木の犯行に関与していた、との疑いも浮上してくる。いや、ただの関与だろうか。もっと踏み込み、共犯という関係は考えられないか。だとしたら、一昨日の朝、斉木への番カケを妨害した理由もはっきりしてくる。

ならば、

――ここ駄目。危ない。

あれは斉木に向かってかけた言葉だったのかもしれない。警察官が近づいていることを察知し、仲間に警告を与えたわけだ。

これは大きな発見に違いなかった。居眠りの雪辱を果たせる、との目算に、やや浮き足立っている自分を意識しながらも、客観的に考えて、やはりすぐ上に報告するべきだと思った。

——そう焦るな。恥の上塗りをすることもありうる。本人の様子も観察してからの方がいいんじゃないのか。

そんな布施の助言がなければ、昨夕のうちに課長の前でこのDVDプレイヤーを操作していたはずだ。

その布施は、それまで研吾の後ろにいたが、やがてゆっくりと歩いてこちら側に近寄ってきた。

映像の再生が終わったとき、少し動揺していた。研吾が、ではない。自分がだ。

七秒間、研吾の表情をじっと観察していたが、彼の表情にはまるで変化がなかった。

もう一度見せようと思った。ボタンを操作するため、耕史はいったんDVDプレイヤーの画面を自分の方に向けた。

そのときだった。いきなり研吾が立ち上がり、耕史の手首をがっちりと摑んだ。

引っ張られ、耕史も立ち上がった。研吾には膂力がある。抵抗しても無駄であることは、もう経験から分かっていた。

「ここ危ない。こっち」

彼の口から出てきた言葉も、一昨日と変わりがなかった。

研吾は事務所のドアを開けた。裏口のドアだった。手を取られているため、螺旋階段を下るのに、腰を折り曲げなければならなかった。

三番ストリートを南の方へ引き摺られながら、耕史は古関ビルの三階を見上げた。布施が笑顔で窓から手を振っている。口は「いってらっしゃい」の形に動いていた。

ビルから五十メートルばかり離れたところで、携帯が鳴った。耕史は空いている方の手で端末を開いた。布施からだった。

「先輩、助けてもらえませんか」

《助けられているのはおまえだよ》

意味が分からなかった。

《まだ気づかないのか。研吾はな、一昨日の朝、斉木への番カケを妨害したんじゃない》

「じゃあ何をしたんです」

《連れ出そうとしたんだ、おまえをな》

商店街を抜け、アーケードのない場所に出たところで、研吾はようやく手を放した。

「どこへですか」

《上を見てみろ。真上だ》

言われたとおりにした。
《何がある?》
「何も」
あるのは空と雲だけだ。
《だろ。そこが、おまえを連れて行きたかった場所だよ》
「分かるように説明してくれませんか」
《地面が揺れたら危ないだろう。頭の上に何かがある場所じゃあな》

6

いくら頻繁に揉んでやっても、腰の筋肉は先ほどから悲鳴を上げ続けている。

しかし、仕事はまだ半分も終わっていない。

刑事課の書庫では、捜査記録のファイルがまだ何冊も、へばった蝶々のように床に向かってページを広げている。

これらのファイルを書棚から床にぶちまけた犯人は、震度五の地震だった。そいつが襲ってきたのは、昨日——十月九日の深夜だ。

分厚いファイルは布施に任せ、自分はできるだけ薄いファイルを書棚に戻しながら、耕史は口を開いた。

「知ってたんですね」

何を？　という顔をしてみせた布施もまた、一休みの最中だった。手を臀部に当て、体を後ろに反らせている。

「いつかこういう日が来るってことを」

張り込みに使っていた部屋で、キャビネットにつっかえ棒をする彼の姿がありありと思い起こされた。床が傷つかずに済んだのだ。不動産屋は布施に菓子折りの一つも持ってくるべきだろう。

「まあな」

「どうして分かったんですか」

「犬の鳴き声と、これだ」空中に細く指先で横線を引いた。

遠吠えと、地震雲。なるほど、予兆はあったわけだ。

天災が迫ると動物が異常な行動を見せる――そんな話はよく耳にしていた。地震雲についても何度か聞いたことはあった。

地震の前には地面の下で電磁波が発生するらしい。その影響で、地表ではいろんな異常が起きると言われている。地震雲も電磁波によって作られる、との説がある。

「あれを飛行機雲と勘違いしているようじゃあ、刑事は務まらないな。自衛隊機は、あんなに低い位置を飛ばない。研吾を見習えよ。彼はちゃんと知っていたぜ。だてに震災を経験しちゃいない」

言い返す言葉が見つからず、耕史は唇を噛んだ。

そう。研吾は知っていた。雲だけではなく、時計の針もまた電磁波の影響を受けることまで。

ただし電波時計というものについては知識がなかった。だから異常な動きをする腕時計の針を見て地震の前触れだと思ってしまったのだ。

ようやく書庫の始末を終え、刑事課の部屋へ戻った。

自分の座席に、寝そべるようにして座る。疲れて何もする気が起きない。

今日はもう事件が起きませんように――そう祈りながら、机に置いた一輪の花に目を向けた。

ペットボトルから花瓶に移し替えてもらったことが嬉しいのか、白いコスモスの花は少しも萎れることなくしっかりと上を向き続けていた。

布施はメモ帳を取り出し、例のページを開いた。

先日はとぼけたが、実は一目見てピンときていた。みな史香が関わった事件だ。

「陶山課長が関わった事件だ」

こちらの胸中を見透かし、わざとエコーさせるかのように、布施がそう口にした。

「だが、ただ関わっただけじゃない。手柄を立ててきた事件さ」

布施の方は見なかった。耕史は窓に顔を向けた。

「それにしても、どうも都合がよすぎるんだよ」

ブラインドの隙間から覗くと、署の裏手にある細い路地には二匹の猫がいた。

「たとえば、市職員が死んだことがあったな。あの事情をすぐに見破ったわけだが、ちょっと引っ掛かる」

黒と白。体毛の色が対照的な二匹の猫は、互いの額を密着させている。

「覚えているか。署長の前で真相を言い当ててみせたのを。だが陶山課長は、直前まで美島(みしま)は自殺したと思い込んでいた。それが、いったん席をはずして戻ってきたとたんに、あの名推理だ。不自然じゃないか。突然すぎる」

二匹は頭を突きつけ合ったまま動かなかった。唸(うな)り声を上げているとしても、この位置までは聞こえてこない。だから、いま彼らの間で進行しているものが恋愛なのか喧嘩(けんか)なのか見当がつかなかった。

「協力者だよ。助力者。そういう存在の人間が、陶山課長の背後にはいた。あの場面の直前に、陶山課長の携帯にでも情報を送ってきた人物がいる——おれはそう睨んでいる」

数字破り事件だってそうだ。デイサービスセンターの職員が犯人だったやつだな。マイク内蔵のノートパソコンが盗聴器として使えることも、それを使って霜山が野村家の暗証番号を知りえたことも、陶山課長は簡単に見抜いた。盗聴器を逆に利用し霜山に「刑事の会話」を聞かせもした。超人的だな。普通に考えれば誰かの協力がなければ無理だろう。誰かというのは、もちろん『寿花苑』に足繁く通っていて、ある程度内情を把握している人物のことだ。その人物は、既に真相を摑んでおきながら、自分はまだ気づかないふりをし道化役を演じ、彼女に手柄を渡した——。

気がつくと、猫たちの姿はいつの間にか路地から消えていた。それでも、話し続ける布施の傍らで、耕史はずっと視線を窓の外へと向け続けた。

「デパート客連続ストーカー事件の犯人を追い込んだという功績があったが、本当に陶山課長は最初からあの犯人を狙っていたのか？　拝命してわずか数年、交番勤務の巡査一人の力でできたことなのか」

喋り疲れたか、鼻で笑うような息を一つついてから、

「いろんな形があるもんだな」

そう布施は呟いた。

「愛情ってやつには……」

第七話　残心（前篇）

1

昨日は麻婆茄子だった。その前日は厚揚げの中華風炒め煮。その前は、たしか蜆のパエリアに挑戦したと記憶している。さて今晩の献立は何にするか……。

戸柏耕史は少し迷ってから、ささみのパックに手を伸ばした。

「官舎に帰ったらお料理ですか？」

背後から不意にかけられたその声には、かすかに聞き覚えがあった。

マスク越しのものだろう、ずいぶんとくぐもった声だった。そして、やや甲高くもあった。上背はそれほどなさそうだ。たぶん百六十五センチ程度か。年齢はこちらより少し下かもしれない。ならば五十歳前後……。

いま耳にした一言からそこまでの情報を読み取り、振り返った。

背後に立っていたのは、マスクをした身長百六十五センチ前後の五十男だった。風体こそ読みどおりだったが、この男が誰なのかという肝心な点が分からない。

マスクの上から覗く目元、もっと絞って言うなら下がった眉尻には、たしかにどこかで見た記憶があった。もし会っているとしたら、はるか昔だろうと思う。

何より気になったのは、こちらが官舎住まいだと知っている点だった。だとしたら同じ警察官か……。

「ええ。そうですけど」

丁寧さとそっけなさを半分ずつ声にこめて返事をし、手にしたささみ肉に、いったん視線を戻した。――外れだ。白い筋がやたらに多く入っている。

それを元の位置に戻し、別のパックを選んで手を伸ばした。

「献立は照り焼きのご予定でしょうか？　いや、たぶんねぎ塩焼きですね」

「そう、ねぎ塩です」

今度は当たりだった。そのささみを買い物カゴに入れたついでに、ふたたび男の方へざっと視線を走らせた。

黒いキャップを被り、肩にバッグを掛けている。買い物カゴを持ってはいるが、中には商品が一つも入っていない。目つきは鋭い部類に入るだろう。

「味を優先させるなら、モモか手羽先でしょうに。ささみを選んだところをみると、もしかしてダイエットをなさっているとか」

「まあね」

口調を変えたのは、相手の正体にだいたい見当がついたからだった。警察官ではない。記者だ。だが新聞ではないだろう。どこかやさぐれている。こうした雰囲気をまとっている人物は週刊誌の方に多い。

「ささみは健康にいいですよ。他の肉に比べたら脂肪分が少なくて、その代わりにタンパク質は豊富ですからね」

「ああ」

スーパーの店内に「間もなく閉店します」のアナウンスと、スローテンポな音楽が流れ始めた。

男が持ったカゴは依然として空のままだ。そのうえ本人は帽子とマスクで顔を隠している。

切らしていた胡麻油(ごまあぶら)も買い物カゴに放(ほう)り込み、レジに向かうと、予想したとおり、男は背後からぴたりとついてきた。

会計を済ませてスーパーの外に出た。官舎のある方角へ向かって歩き始めても、やはり男はこちらのそばを離れようとはしなかった。

る。レジ係の女性店員が露骨に怪しむ素振りを見せたのも当然だった。

警察署の副署長にとって、マスコミ対応は仕事の大きな柱だ。沢津橋(さわつばし)中央署に出入りしている記者の顔なら、もちろんみな知っている。だが、この下がり眉毛をプレスルームで見かけたことは、まだないはずだ。

新入りだろうか。だとしたら前任者と一緒に挨拶しに来るものだが、それはまだ受けていない。だとしたら正式に赴任する前なのか……。

いずれにしても、記者ならばそろそろこう切り出してくるはずだった。

——ところで例の傷害事件について、何か教えてもらえますよね。

「ところで例の傷害事件について、何か教えてもらえますよね」

「待てよ。まずはそのキャップとマスクを取るのが礼儀だと思うがな」

この下がり眉毛と、以前いつどこで関わったのかを思い出したのは、いまの台詞を口にした直後だった。

「失礼しました」

男は顔を覆っていたものを取り去った。

「久しぶりだな」

そう言ってやると、目の前の男——美島雅和は唇の端を吊り上げるようにして笑った。

自転車盗の前科を巧妙に伏せ、元警察官の肩書きだけをうまく利用し、警備関係の職で食いつないでいたらしい。その美島が、最近になって週刊誌のライターに落ち着いたとの噂は、記者連中の口を通して聞きかじっていた。

「兄さんの件は気の毒だった」

美島の兄、忠和が車の事故で死んでから、もう五年半にもなる。

「どうも。あれ以来しばらく、ぼくは運転を控えていましたよ。うちは親父も車で死んでいますんでね」

「何年になるんだ？　記者になってから」

「三年ですかね」

「まだ新米か。なるほど下手なわけだ」

美島はこめかみのあたりをぴくりと動かした。「何が下手なんです」

「決まってる。おまえの取材法がだ」

先ほどスーパーで美島が仕掛けてきた会話は、俗に「イエス誘導話法」と呼ばれるものだ。「ええ」、「そうです」、「まあね」、「ああ」――こちらが口にした、いや、させられたのは全て「イエス」系の返事だった。そんな肯定の答えが返ってくるであろう質問だけを、ひたすら積み重ね、相手の心理に「ノー」と言えないメンタルセットを作り上げる。そうしてから、やおら核心の要求を突きつけ、流れと勢いでこれにも肯定の返事を引き出してしまおうというテクニック。それがイエス誘導話法だ。セールスマン向けの指南書にはたいてい載っている。

「どこが下手なんです？」

「何もかも流れが速くなっているこのご時世だ。考えてもみろ。どうでもいい会話をだらだらされて貴重な時間を盗まれたら、誰だって怒り出すに決まってるだろうが」

「なるほど。そりゃあ言えますね……。だったら教えてくださいよ。人から情報を訊きだすにはどうしたらいいんです？」

「おまえ記者だろ。他人に訊いてどうするんだ」

「先輩こそ副署長でしょう。毎日、海千山千のブン屋連中を相手に会見しているんだから、連中のうまい技術を何か知っているはずだ。ちょこっとぐらい教えてくれても罰は当たらないと思いますけど」

「じゃあ一つだけ教えてやる。いいか、よく聞け」

「お願いします」

「相手の不意をつくことだ。とことん意外な場所、意外なシチュエーションで相手を捕まえ、質問をぶつけろ」

先ほどのスーパーから百メートルと離れていない場所に、似たような一戸建ての住宅が三軒、東西に並んで建っていた。どれも沢津橋中央署の幹部官舎だ。東の方から、署長、副署長、警務課長に割り当てられている。

三軒のうち中央の鉄扉を、耕史は開けた。

「分かりました。じゃあ次は先輩がトイレの個室にでも入っているときを狙いますよ」

「そうしろ。便器の中から顔を出してみせたら何でも答えてやる」

門扉を閉めようとしたところ、その手を美島に軽く押さえられた。

「待ってくださいよ。まだ、さっきの返事をもらっていません。六日町で起きた傷害事件の新情報、何か教えてもらえませんか」

「定例の記者会見を待て。いまはノーだ。帰れ」

「久しぶりに再会したんですから、それぐらいのサービスはしてくれてもいいでしょう」

「おまえは週刊誌の記者だろ。新聞じゃなくて」

「そうですけど」

「だったらガッつくな。いくら早くネタを仕入れても雑誌が出るまでまだ時間があるんだろうが。そんなに焦ってどうするんだ」

美島は小刻みに首を振り、鼻で笑った。「世の中の流れが速くなっている。たったいま、そう言ったのは先輩の方ですよ。ご存知ないならお教えしますが、何年も前から巷にはインターネットのニュースサイトというものがありましてですね」

「ウェブにも記事を書いているのか」

「そっちの方がこれになります」

親指と人差し指で輪を作りながら、美島は断りもなく官舎の敷地へ踏み込んできた。

耕史はわざと聞こえるように舌打ちをしてから、門扉と玄関の間にある狭い庭を大股で歩き、家のドアに鍵を差し込んだ。

「そこまで言うなら教えてやる。被害者は中根仁志、四十二歳。大手企業の正社員。住まいは市内六日町の一戸建て。昨日、九月二日の夜、何者かに自宅の庭で襲われた。鋭利な刃物状の物体で喉を一突きされ、現在は入院中。容態は予断を許さない。――これでいいな？」

「それって今朝の会見の繰り返しじゃないですか」

耕史は玄関のドアを開けた。持っていた買い物袋を上がり框に置く。

「犯人は不明。そして現在も逃走中。ちなみに中根は会社でこそまじめで温厚だったが、家に帰れば小学生の息子に暴力を振るっていたらしい。――これなら満足だよな」

「それも聞きましたって」美島は馴れ馴れしく玄関ドアに体をもたせ掛けてきた。「中根の家には金目のモノがあり強盗のセンも考えられた。ところが現場の住宅には荒らされた形跡がなかった――ってこともとっくに知っていますので念のため」

「よかったな。じゃあもう帰れ」

耕史は背広を脱ぎ、買い物袋の脇に置いた。ネクタイも外した。

「お願いしますよ。新しい情報をもらえませんか。最低限知りたいのは、中根の喉を貫いた凶器なんですがね。『鋭利な刃物状の物体』って話ですが、具体的には何なんですか、それは？」

「不明だ。持ち去った犯人に訊け」

「またまた。本当はもう判明してるんでしょ」

耕史は靴を脱ぎ、靴下も脱いだ。裸足のまま、美島を押しのけるようにして、もう一度ドアの外側に出る。そして玄関脇に立てかけてある竹刀袋に手を伸ばした。それには竹刀を二本入れてあった。

二本のうち一本を手にし、剣先を美島に向けた。

「ちょ……。物騒な真似はやめてくださいよ」

美島が頬を引きつらせ、一歩後退した。

「さっき言ったろ。ダイエットをしているってな」竹刀を上段に構えた。「これもその一環だ」

ワイシャツ姿のまま前進後退正面素振りを始めると、美島は一転、呆れ顔になった。

「警察官だから剣道ってのは分かりますが、それで痩せられますか？　ジョギングの方がいいと思いますが」

官舎の庭で行なう毎晩の素振りは、いつも百回程度で切り上げる。だが今日は美島を追い出すまでやるつもりだった。

「そんなところに突っ立ってると、怪我するぞ」

わざと美島をめがけ、跳躍動作をつけた早素振りを繰り返してやると、彼は竹刀をよけながら肩に掛けていたバッグを地面に置いた。空いた手で、竹刀袋にあった一本を握る。そして中段に構え、剣先をこちらに向けてきた。

「いつも素振りだけじゃあ、いい加減飽きるでしょう。たまには実戦稽古でもしたらどうですか。お相手しますよ」

「実戦だ？　時間を考えろ。近所迷惑になるだろが」

「そうでもないでしょう。お隣は署長と警務課長の住まいですよね。だけど、どちらにも明かりが点いてない。留守のようですよ」

「分かった。いいだろう」

美島に剣先を向けながら、思い浮かべたのは史香の顔だった。今日は八時過ぎまで署内残業をこなしてから、女性警察官だけの親睦会に顔を出しに行った。県警初の女性署長となった史香の登場で、場はそれなりに盛り上がっていることだろう。

一方、警務課長の土井は出張で、明日の朝にならなければ帰ってこない。

美島は一方の踵でもう一方の踵を踏みつけるようにし、素早く靴を脱いだ。

「防具なしでもいいのか」

「ええ。突きを禁止にすれば大丈夫でしょう。ただしその点以外は厳密にルールブックどおりでいきましょう」美島は器用に靴下も脱ぎ捨て、生白い素足を地べたにつけた。「ところで、ただの稽古じゃ面白くありませんよね。どうです一つ――」

「賭けでもしましょうよ、か？」

「ええ。よく分かりましたね」

「こういう場面での決まり文句だろ」

美島は薄い笑みを浮かべ、開き足と呼ばれる足さばきで、左右に体を振り始めた。構えた姿はさまになっていた。気もそれなりに発している。彼が警察を辞めてからだいぶ経つが、左拳の位置を決して正中線から外さないあたり、この男もまた自分なりに稽古を続けていたのかもしれない。

「もしぼくが先輩から先に一本を取ったら、六日町の事件で何が凶器に使われたのかを教えてくださいね」

「おれが取ったら、おまえはどうする」

「商売柄、警察がまだ嗅ぎつけていない別件のネタを、いくつか持っています。薬物、拳銃、密入国から好きなジャンルを選んでください。極上のやつを一つ、そっと耳打ちさせていただきますよ。——この条件でいいですね」

ああ、の返事を一歩踏み込んでみせる動作に替えると、美島は、送り足で素早く遠近の間合いを調節し始めた。

しばらくは一足一刀の間合い、つまり一歩踏み込むだけで相手を打突できる距離を、じっと保つことに努めた。

ふいに美島が距離を詰めてきた。かと思った次の瞬間には、額の左側に鈍い痛みが走っていた。剣先で擦られたせいだ。

いったん身を引き、次の攻撃に備えたところ、美島はわずかな隙を見せた。いま踏み込んだ拍子に、尖った小石でも踏んだらしい。視線を下げ、自分の足場を気にしている。

この機を逃す手はなかった。今度はこちらから素早く間合いを詰め、突きと見せかけた小手を放つ。手首のスナップがよく利いた理想的な打突だった。

2

決裁印を三つ押すたびに、中指の腹を一回さすらなければならなかった。角質層が硬く肥大し、かさかさに乾いている。何よりも絶え間なく襲ってくる疼痛がつらい。

その痛みを紛らわすために大きく伸びをすると、目に入ったのは、竹刀ケースを持って二階の道場へぞろぞろと上がっていく若手たちの姿だった。署二階の道場でこれから開催されるのは、拝命五年目の警察官を対象とした剣道の稽古だ。署に来たついでに、剣道着のまま地域課長に書類を提出していく交番巡査もいた。警察官はみな忙しい。

最後の決裁印を押すと、書類の束を持って立ち上がり、署長室のドアを開けた。

陶山史香は署長席に座っていた。ノートパソコンを前に、マウスを操作している。

「かなり忙しいみたいね、副署長」

モニターから顔を上げることなく言った史香の横顔はずいぶんと強張(こわば)っていた。不機嫌さを隠そうともしない表情の中で、だが、目尻だけはわずかに下がっている。

「それほどでもない」

「本当？　だってノックをする暇もないんでしょ」

その台詞(せりふ)には無視を決め込み、耕史は書類の束を署長席の未決箱に放(ほう)り込んだ。「夕べは帰ってくるのが遅かったな」

「ええ」

「今朝は出て行くのが早かったな」

「うん」

「そっちこそ、だいぶ忙しそうじゃないか」

壁のホワイトボードに目をやった。今日、九月四日の欄には史香の字で「午前十時・異面」と書かれている。「異動者面談」は歴代の署長から署長へと受け継がれてきた沢津橋中央署ならではの伝統行事だ。今年春に部署が変わった署員を署長室へ呼び寄せ、一対一(しんじょう)で話をする。今日もその予定が入っているようだった。「異面」の横には「地域・新条薫(かおる)」とある。

「まあね」

「やっぱり署長ってのは、やりがいのある仕事か」

「もちろん」

「だったら、次の異動前に、おれを署長に推薦してくれるよな」

ようやく史香は顔を上げた。

「ばればれのイエス誘導話法で、いったいどんな要求が飛び出すかと思えば……。あんた、いま言ったこと本気なの」

頷いた。

へえ。史香は白シーツを張った椅子に背中をもたせ掛けた。「驚き。そこまで出世に貪欲だったとはね」

「言っておくが、おれとおまえのうち、おまえが先に署長になったのは、決して実力のせいじゃない」

今後は積極的に女性を要職に登用する——二十年も前に定められた基本方針は、いまに至るも変わっていない。この県警では、男女が同じ勤務成績を挙げた場合、先に出世するのは女の方だ。ついでに言うなら、基本方針の策定当時、四パーセントに満たなかった女性警察官の割合は、現在十二パーセントを超えている。

「推薦が無理なら、降格させてほしい」

史香が目を見開き、一拍遅れで口もぽかんと開けた。「それも本気？」

「ああ」

「要するに、いまのポジションが嫌なわけね」

頷いて、中指の腹にできた判子ダコをもう一度撫でた。

マスコミ対策と書類の決裁。そうでなければ署内の雑務処理。この三つだけで半年が過ぎようとしていた。自分が警察官として世の中の役に立っている、との実感は、副署長の席に座って以来ほとんど覚えたことはない。

「分かった。考えておく。だけどいまはまず犯人探しを急がなきゃね」

「六日町の件だろ」

それなら刑事課が必死でやっている。言うまでもないことだ。

「いいえ。情報漏洩事件の犯人よ」

史香はノートパソコンをくるりと回転させた。こちらに向けられた画面に映っているのは、あるニュースサイトのページだった。

【凶器は五番アイアン】の文字は、かなり目立つフォントでアップされていた。これが史香を不機嫌にさせた原因らしい。

凶器については、犯人逮捕後、「秘密の暴露」の材料にするため、マスコミには伏せておく、との申し合わせになっていた。それがリークされたとあっては、頭に血が上らないはずはない。

「中根の首に刺さったのがゴルフクラブだと知っていたのは、誰と誰かしらね。わたしと刑事課のメンバー。それに土井課長、あとは……」

史香の探るような視線はそれほど痛くはなかった。目尻にはまだ微妙な笑みが残っていたからだ。失態に直面しても、どこかに楽しみの要素を見つけてしまう。史香の特異な才能だ。

「どこでぶつけたの」

「……何の話だ」

「あんたのここ」史香は自分の額に指先を当ててみせた。

「どうしたのよ？　いい歳して、そんなところ怪我するなんて」

ホワイトボードの横には、小さな鏡が吊り下げてあった。その前に立ってみる。昨晩、美島の竹刀で擦られた部分が青く痣になっていることは知っていた。昼ごろまでには消えるだろうと思っていたが、どういうわけか朝見たときよりも色が濃くなっている。

「昨晩、美島と会った。弟の方のな」

小手が決まったかと思ったが、気がつくと、こちらの剣先は美島の竹刀であっさりと巻き上げられていた。そこへすかさず体当たりを食らわせられ、姿勢を崩したところへ、斜め三十度の角度から側頭部に面を打ち込まれた。

——勝負ありましたね。

面を決めたあと、竹刀を肩に担いだ美島は、では話を聞かせてもらいましょうかと片方の耳を近づけてきた。

「ちょうどこんな感じだった」

竹刀を竹刀袋に戻し、まずはそう美島に切り出した。

「は？」

「だから現場の様子だ。足跡からはっきりしている。ちょうどいまのおれたちみたいに、中根と犯人は、中根家の前庭でチャンバラまがいの争いをしたことがな」

美島は唇をすぼめた。口笛を吹くつもりだったらしいが、音は出なかった。

「犯人は中根が所持していたゴルフクラブを手にした。五番アイアンだ。そいつが凶器だ。中根もクラブを持って犯人に立ち向かった」

「ちょっと待ってください」美島は手の平を立てた。「中根は喉を刃物で突かれたはずですよね。なのに凶器がゴルフクラブってのは、どういうわけです？」

「だからクラブが刃物だったたってことだ」

「だからそれはどういう意味ですか」

「犯人が持ったクラブは、たまたま先の方が折れ、ヘッド部分が無くなっていた。以前中根がコースに出たとき、地面を叩いて壊したせいだ」

「修理もせずに、そのまま放っておいたんですか」

「ああ。そんなわけで、切断面がぎざぎざの状態になっていた。ちょうど刃物のようにはあ、ゴルフクラブねえ。呟いて美島は自分の顎に手を当てた。「それ、間違いありませんか」

「間違いない。中根の喉にはゴルフ場の土が付着していた」

「なるほど。そのクラブは犯人が持ち去ったんですね」

「そうだ。まだ見つかっていない」

賭けに負け、情報のリークを余儀なくされたことについては、もちろん史香には伏せていた。話したのは実戦稽古の内容だけだ。

「どこが稽古なの」史香はノートパソコンの前で頬杖をついた。「防具もつけないで竹刀を振り回したら子供の遊びと変わらないじゃない。それに、あっさり負けを認めたってのもずいぶん間抜けな話ね」

間抜け……？　なぜだ、と耕史は鏡の中から史香を睨んだ。

「突きを禁止にした以外は、普通のルールどおりって決めたんだよね」

「決めた」

「で、美島は面を打ったあと、竹刀を担いだと」

「そうだ」

「だったら忘れてる」

「何を」

「残心」

鏡越しに史香を見ながら、ただ瞬きを繰り返すことしかできなかった。

剣道では、有効な打突がそのまますぐに一本となるわけではない。それを放ったあと油断を見せずに構えを継続しておく必要がある。一つの動作が終わってもなお緊張を保つ心構え——「残心」——までを示して初めて勝利を得ることができるのだ。もし試合で見事な面を決めたとしても、その後に竹刀を担ぐといった不遜な仕草をすれば、当然ながら一本は取り消しになる。

「耕史、あんたも今日の稽古に参加したら。基本から教えてもらえるかもよ」

ドアがノックされた。薫が入り口に立っていた。女性警察官用の鞄を肩から提げ、手には竹刀ケースを持っている。拝命十年目の彼女だが、この面談を終えたあと、特別に稽古へ参加するつもりなのだろうか。

「入って」史香がソファの方を手で指し示した。

「失礼しますっ」

薫はぴしっと敬礼をしてから入ってきた。いつもはズボンだが、今日はスカートを穿いている。鞄を肩から外し、ソファに腰掛けた。十年の警察官生活で、それなりの風格というものが身についてきたようだ。スカートの裾から覗いた膝頭に両手を置き、背筋を伸ばした姿は凛として、まっすぐに伸びた青い竹を連想させた。

　薫の向かい側に史香が座ると、女性二人の視線が同時にこちらへ向けられた。面談は署長と署員の一対一だ。副署長の出る幕はない。耕史は部屋から出て行こうとした。

　すると薫が言った。「教官にも――すみません、副署長にも、ここにいていただきたいのですが」

　史香が異を唱える気配はなかった。

　耕史が空いているソファに腰を下ろすと、史香が切り出した。「どう、いまの部署は」

　薫は交通課から地域課へ異動願を出し続けていた。それが通ったのは今年の春だ。いまは巡査部長として六日町交番にいる。

　六日町交番――懐かしい交番だ。そこに祖父の源太郎が顔を出したときのことなどは、いまでもよく覚えている。下手な英語を交えて話す秋葉という先輩も忘れられない。源太郎はとっくに他界し、秋葉も退職して久しい。生まれ変わって若返ったのは交番の建物だけだ。

「とても充実しています」

　そう笑顔で答えると、薫はいきなりソファから腰を上げた。ふたたび鞄を肩から提げ、起立の姿勢をとる。

「昨日、わたしは点検を受けていません」

薫が昨日一日、年休を取ったことは把握していた。体調不良との理由だった。

「不躾（ぶしつけ）なお願いで恐縮ですが、署長、いましていただけますか」

まあまあ。史香は笑いながら手を上下に振り、薫に座るよう促した。「そんなに鯱（しゃちほこ）張らなくてもいいから」

「いいえ。どうかお願いします」

「……そう。じゃあ、そこまで言うなら」史香も立ち上がった。「まず手帳っ」

薫は制服から素早く警察手帳を取り出した。普通なら、紛失防止のために制服に紐（ひも）でくくりつけてあるものだが、いまは遊んだ状態になっている。薫は手帳を元の場所に戻すことなく、代わりにテーブルの上に置いた。

「警棒っ」

警棒は鞄から取り出した。続いてそれを伸ばす動作を、右腰の斜め前方約十センチメートルの位置できっちりと行なってみせる。県警の「点検実施要領」で決められたとおりの動きだ。

薫は、警棒もまた元の場所にしまうことはせず、テーブルの上に置いた。手錠についても同じだった。

「警笛っ」

薫が取り出した警笛も、手帳同様、吊り鎖が制服から外れたままになっていた。だが彼女はこれを、他の備品のようにテーブルに置きはしなかった。代わりに薫がやったのは、口にくわえ、頰を大きくふくらませることだった。

「待って。吹かな――」

吹かなくてもいいから。史香がそう言い終える前に、薫のくわえた警笛は吹鳴の音を盛大に発していた。

すぐに署長室のドアがノックされ、返事も待たずに開けられた。顔を覗かせたのは署のナンバースリー、警務課長の土井だった。彼の背後では、事務室にいる二十名ほどの職員たちが一人残らず立ち上がり、何事かと一斉に顔をこちらへ向けている。

「お騒がせして申し訳ありません」薫は事務室に向かって頭を下げた。「この警笛、ほとんど使ったことがなかったから、いっぺん思いっきり吹いてみたかったんです。最後に」

「最後……？」

眉をひそめた史香に向かって深く頷くと、薫は警笛もテーブルの上に置いた。続いてソファの側面に立てかけておいた竹刀ケースに手を伸ばす。

「署長、教官。わたしは六日町の傷害事件で、一つ重大な情報をつかんでいます」

ケースから薫が取り出したものは、ヘッド部分の無いゴルフクラブだった。先端にこびりついた黒い焦げのようなものが、凝固した血液であることは、離れた場所から見てもすぐに分かった。

「一昨日の夜、これを使ったのは」薫はクラブを両手でしっかりと握り締めた。「わたしです」

3

雛の鳴き音がカッコウの鳴き声に変わった。

署内はいつも騒がしい。すぐ表にある交差点から、歩行者用信号機の誘導音がこうまではっきりと聞こえてくることは、昼の時間帯では珍しいことだ。

カッコウがふたたびピヨに変わっても、長机の向かい側に座った薫は、きつく口を閉じたままだった。

沢津橋中央署、三階刑事課。北西の角部屋──。

身内の取り調べだけに使われる、通称「禁断の間」で、耕史は目を閉じた。

竹刀ケースからゴルフクラブを出して見せたあと、全身から力が抜けたのか、薫は署長室の床にしゃがみこんだまま動かなくなった。女性警察官に両肩を支えられながら階段を上り、署の三階にあるこの小会議室まで連れてこられたときには、少し涙を流していた。

──じゃあ、中根仁志の喉を刺したのは、新条さん、あなたなの？

まず史香がそう訊ねると、薫は「はい」と消え入りそうな声で答えた。それが、この小会議室に入ってから、彼女が発した唯一の言葉だった。

「なぜ刺したの。中根とあなたの間には、どういう経緯があったのかな。そのあたりのことを、話しやすいところからでいいから、喋ってもらえない？」

先ほどからかれこれ三十分ばかり、頃合を見て同じ趣旨の質問を繰り返しているが、薫は貝になったままだった。

耕史は目を開いた。隣に座った史香と土井、そして刑事課長の布施は、そろって瞑目したまま薫が口を開くのを待っている。

薫の前に置いた茶は、もうすっかり冷めてしまっているはずだった。湯飲みを指さし、

「淹れ直そうか」

そう声をかけると、横の三人が目を開いたのが気配で分かった。だが肝心の薫は、俯いたまま、いまだに何の反応も見せない。

「ちょっと」

史香が、ドアの方へ向かって顎をしゃくった。いったん外しましょう、と言いたいらしい。

廊下に出ると、史香が硬い顔で腕組みをした。「人を減らした方がよさそうね」

同感だった。署の幹部がずらりと目の前に居並んでいたのでは萎縮するなという方が無理だ。気持ちがすくんでしまっては、出てくる言葉も出てこなくなる。

そのとき階段の方から足音がした。見ると、姿を現したのは水谷だった。一階から駆け上がってきただけで息を切らし、三階まで上りきったところで丸い体を二つに折っている。かつて六日町交番で一緒に勤務した後輩も、いまでは刑事課の警部補にまで立派に成長してくれた。それはいいが、中年太りを許した覚えはない。

水谷はあえぎながら言った。「あれから、変わりは、ないそうです」

彼に命じたのは、中根の容態を病院に問い合わせることだった。

「まだ意識は、戻りませんが、悪化も、してないようです」

水谷の報告に、みなが小さく頷いた。その後、最初に口を開いたのは刑事課長の布施だった。「おれだけでやってみるよ。いいだろ、署長さん」

四人の中で最年長の布施は、史香の返事を待たずに一人で室内に戻ろうとした。

「待ってください」史香は腕組みをほどいた。「ここは副署長にお願いしたいと思います」

いい？　目で問うてきた史香に軽く頷き、耕史は一人で部屋に入った。

薫はまだ俯いたままの姿勢をとっていた。わずかに身じろぎをしたのは、茶を淹れ直し、差し出してやったときだった。

弱い風を受けたように、頭髪がさらさらと揺れた。

やがて薫は、白く乾いた唇をゆっくりと上下に開き始めた。

第八話　残心（後篇）

1

　木造モルタル二階建ての家だった。建坪は百ほどもあるか。外見の改装にはほとんど費用も手間もかけなかったようだ。『キッズルームみらい』。玄関脇に掲げられたこの看板がなければ、普通の民家と何ら変わりがない。

「ごめんください」

　陶山史香は玄関口に立ち、中に向かって声をかけた。だが職員たちはみな仕事に追われているらしい。応対に出てくる者はいなかった。

「お邪魔しますね」

　子供が多く集まる場所では甘酸っぱい匂いをかぐことになる。この認可外保育施設も例外ではなかった。

　靴を脱ぎ、スリッパに履き替えて上がり込んだところ、あちらこちらにある建物の柱に、

色紙で作った短冊のようなものが貼ってあるのに気づいた。一枚ごとに、

『空き巣さま専用入口』

『空き巣さま、いらっしゃいませ』

『空き巣の方は奥へお進みください』

『空き巣さま用喫茶室』

『空き巣さま用食堂』

『空き巣さま用寝室』

などと太いマジックペンで書いてあった。「専用」や「喫茶」もきちんと漢字で表記してあるが、文字自体は達筆とは言い難い。あきらかに子供の手によるものだ。

奥へ進んでいくと、途中の廊下で一人の女の子と出くわした。小さな体にまとっているのは、新聞紙を貼り合わせて作ったポンチョのような衣装だ。

史香は膝に手をつき、姿勢を低くした。「こんばんは。あなたのお名前は?」

「……あかね」

恥ずかしいのか、答えたあと女の子は人差し指を鉤形に曲げて噛み始めた。

「じゃあ、あかねちゃん。薫おばちゃんは、どこにいるか知ってる?」

あかねと名乗った子は、噛んでいた指先を廊下の先に向けた。「だいこど」

だいこど? おそらく、だいどこ——台所の意だろう。

「そう。ありがとうね」

頭を撫でてやろうとしたが、やはり照れているようだ、あかねは走って遊戯室の方へ行ってしまった。

もう午後七時になっていた。他の子供たちは、とっくに親と一緒に帰宅しているらしい。施設内はやけに閑散としている。

厨房へ近づいていくと、香ばしい匂いが漂ってきた。少し前まで、子供たちの夕方のおやつとして、クッキーでも焼いていたのかもしれない。

「ごめんください」

もう一度同じ声をかけて厨房を覗いてみた。薫はエプロン姿で流しに向かっていた。フライパンを洗う作業に夢中になっている。だが、こちらと目が合うと、花が咲いたような笑顔を見せて駆け寄ってきた。

「部長、お久しぶりです」

薫が服役していた頃は、一か月に一度の割合で刑務所へ面会に行っていた。出所してからも同じぐらいのペースで会っていた。

だが今春、本部の生活安全部長を最後に、県警を定年退職してからは何かと忙しく、六月中旬の今日になるまで、彼女の顔を見ることができなかった。

「近くまで来たから寄ってみたの。——これ何？」

『空き巣さま用食堂』の札を手にして薫の前に掲げた。この厨房にも、ほかの部屋と同じように、これが貼られていた。

「ちょっと前に、泥棒に入られたんです」

言われて思い出した。新聞の地方版に載ったベタ記事で、そんな事件を目にした記憶がある。

「覚えていますか。その貼り紙は、空き巣を撃退する方法です。ずっと前に部長が教えてくださいましたよね」

思い出した。三十年ほど前、ということになるか。目眩がしそうなほど遠い記憶。そう言っても大袈裟ではないだろう。

「空き巣に入られたあと、そのことを子供たちに話してやったんです」

すると高学年の子が悪乗りし、そんな札を作って、施設のあちらこちらに貼ってしまったのだという。本当に効果があるかもしれないから、二、三週間ほどそのままにしておこうという話になったそうだ。

「調子はどう?」

「まずまずです」

「忙しそうね。まだ終わらないの、今日の仕事?」

一緒に夕食でも、と思っていたのだが、この調子では無理かもしれない。

「ええ。女の子が一人、いまも残っていますので」

さっき廊下に出てきたあかねのことを言っているのだろう。彼女の保護者が迎えに来ないかぎり、薫も帰るわけにはいかないようだ。

そこまで頑張らなくてもいいだろうに、と思う。正規の職員ではなくボランティアなのだから。

「いま、ずいぶん一生懸命にフライパンを洗っていたね」

「焦がしちゃったんです。洗剤をいっぱいつけてスポンジでごしごしやってるんですが、ぜんぜんきれいにならなくて」

「ここでお米を炊いたりする？」

「ええ。ときどき」

「じゃあ、今度、研ぎ汁を取っておいて。それに焦げた部分を一晩つけておくの。そしたら次の朝には落ちているはず」

「本当ですか。さすがによくご存知ですね」

「お婆ちゃんの知恵ってやつ」

笑おうとして、顔がわずかにひきつるのを覚えた。お婆ちゃん——その言葉はもう決して誇張ではないのだ。

「戸柏教官はどうしていますか」

薫はまた耕史（こうじ）をそう呼んだ。もっとも耕史が警察学校長で定年を迎えたことを考えれば、あながち的外れな呼称でもないのだが。

「最近は、わたしもあまり会ってないけど、まあ、元気にやってるみたいだよ」

そのとき、すいません、と玄関の方から声が聞こえてきた。

「噂（うわさ）をすれば、ですね。これで帰れそうです」

あかねの保護者が来たらしい。

薫は一礼して厨房から出て行った。その背中を追うようにして史香も玄関口まで戻ってみると、そこに立っているのは四十前後の男だった。

「お世話になっています」男はネクタイの結び目に手をやった。「矢部（やべ）あかねの父親でございます」

改まってそう自己紹介をしたところを見ると、普段は母親の方が迎えに来ているのだろうか。

「遅くなりまして、どうも申し訳ありませんでした」

矢部は頭を下げながらも、何秒かおきに腕時計へ目をやっている。その仕草が、もう癖になっているようだった。普段からかなり忙しい人物らしい。

薫がエプロンのポケットに手を入れた。そこから取り出したのは呼子だった。ピッと短く一吹きすると、遊戯室のドアが開いてあかねが出てきた。いままでそれで遊んでいたのだろう、手にはカスタネットを持っている。

「よかったね。パパが迎えに来てくれたよ」

薫はあかねの頭を軽く撫でながら、小さな指先からカスタネットを受け取った。

「さ、帰ろうか。ほら、脱いで、これ」

矢部は、娘の着ている新聞紙のポンチョを、軽く指で弾いた。

だが、あかねは頰をふくらませて首を横に振った。この「衣装」を気に入ったらしく、父親の言葉に従おうとしない。

しょうがないな、という顔で矢部はしゃがんだ。ポンチョに手をかけ、脱がせようとする。だがその手は、裾をわずかに捲り上げたところでぴたりと止まり、そのまま動かなくなった。

「どうかしました？」

あかねの後ろから薫が声をかけると、矢部は、黙って、というように手を上げた。

しばらくしてから、彼はしゃがんだまま口を開いた。「きみ、名前なんていうんだっけ」

薫に向けられた言葉のようだった。

「新条と申します」

「下の名前は」

「薫ですが」

「ボランティアをしているんだよね、ここで」

「はい」

「じゃあ、ここに来る前は？」

「は？」

「だから、ここに来る前はどこで何をしていた人なの？　学生じゃないよね。失礼だけど見たところ、もういい歳みたいだから」

「警察官をしていました」

「それはいつまで？」

「……六年前までです」

「その後はどうしていたの？」

薫は口をつぐみ、目を伏せた。

「もしかして、刑務所にいたんじゃないの」

史香は立ち位置をずらし、あかねの着ている新聞紙のポンチョをよく見てみた。

新聞は六年前の地元紙だった。あかねの胸のあたり、いま矢部の視線が向いていた部分に印刷されている見出しの活字は大きく、特に目を引くものだった。

【六日町(むいかまち)の男性死亡事件に女性警察官が関与か】

その横には顔写真が一つだけ掲載されている。被害者、中根仁志(なかねひとし)のものだ。加害者である薫については、記事内にフルネームで出ているのだろう。それがたまたま矢部の目に止まったようだった。

「どうなの？」矢部が立ち上がった。「この記事に出ている新条薫って、きみのことなんじゃないの？」

うろたえた薫に代わって、史香が前に出た。

「そうだとして、何かご不満でもあるんですか」

「大ありだよ。ここじゃあ前科者を雇っているのか」

矢部はこちらを正規の職員だと勘違いしたようだった。訂正するのも面倒だ。そのまま思い込ませておくことにする。

「新条は信用のできるスタッフです。保育士の資格も持っています」

持っていながら、ここでは夜間のボランティアとして汗を流しているのだ。日中はスーパーのレジ係として働いている。

「本当か？　前科があるんだから、そんな立派な資格なんか取れないだろう」

「取れます。児童福祉法をよく読んでください」

保育士試験の受験資格は、刑の執行を受けることがなくなった日から二年経てば得られる。薫は三年間の服役のあと、独学で勉強を続け、去年受験し一度で合格した。

「それでも困るんだよ、そんな人にいられたらね。大事な子供に何をされるか分からないだろ」

「保護者の方々には説明して同意してもらっています」

薫からそう聞かされていた。たぶん矢部の妻も認めているはずだ。

「わたしは聞いていないね」

矢部は貴重品を扱うような手つきで娘を抱き寄せた。

2

三十台ほどの白バイが横一列に並んだ様に乱れはなく、まるで熟練のマジシャンがテーブルの上に広げてみせたカードを思わせた。

ほどなくして隊列の前にオープンカーが登場した。後部座席で立ち上がっているのは現在の交通部長だ。白手袋で敬礼し査閲を始める。それも束の間、画面はすぐに訓辞のシーンへと切り替わった。

午後三時少し前。テレビの地元ニュースが、県警本部前で開かれた交通安全運動の出発式を取り上げると、史香はつい仕事の手を止め画面に見入った。

一方、その映像に影響された子供たちの間では警察官ごっこが始まっていた。自分が号令をかけるから敬礼をしろと年長の子が言い張り、ついには年下の子を泣かせてしまった。

史香は年長の子をそばに呼び、床に膝をついた。

「将来は何になりたいの」

「けいさつの社長」

「偉いね。ただし警察の場合は、社長じゃなくて署長っていうんだよ」

史香は手近にあった画用紙を引き寄せた。細長く切って、短冊をいくつか作る。

『じゅんさ』

『じゅんさぶちょう』

『けいぶほ』

『けいぶ』

『けいし』

『けいしせい』

短冊一つに一階級ずつ。かつて一度は自分の肩書きとして使ってきた言葉を平仮名で書いてみると、なぜか我が身が一段と老け込んでしまったように思えた。

「警察官はね、こんなふうに、誰かに命令する人と、それに従う人に分かれているの」

上下関係が一目で分かるように、短冊には星のマークも描き添えてやることにした。巡査には一個、巡査部長には二個……。階級が一つ上がるごとに星の数も一つずつ増やしていく。

「署長になりたければ警視正まで出世しなくちゃね」

両面テープを千切った。近くにいた子のうち、幼い順に、階級の高い短冊を衣服に貼り付けてやる。

「星の数が少ない人は、多い人の言うことを聞かなきゃいけないの。喧嘩(けんか)しないように、五分ごとに、みんなでこの紙を入れ替えて遊びなさい」

はい、の返事をもらうと同時に史香は立ち上がり、あかねだけを部屋の外へ連れ出した。小走りで事務室へ向かう。案の定、卓上の電話機はコール音を発していた。急いで受話器を取り上げる。

「キッズルームみらいです」

《娘がお世話になっている者です》

やはり矢部の声だった。火曜日の午後三時にはたいてい彼があかねに電話をかけてくる――そのことは昨日のうちに職員から聞かされていた。

「どうも」

愛想よく答えるつもりだったが、先日のやりとりが頭をかすめ、どうしても声がトーンダウンした。

《娘を、矢部あかねをお願いできますか》

「お待ちください」送話口をふさいであかねを見た。「電話の使い方は分かるよね」

「うん」

「終わったら元に戻しておいてね」

こくんと頷いたあかねに受話器を渡し、史香は遊戯室に戻った。

今日任された仕事は、紙芝居だけだった。三編ばかり読み上げてやり、午後の早い時間には車で帰路についた。

市の中心部からだいぶ外れた住宅街の路上でブレーキを踏んだ。耕史の住む家には車を停めるスペースが一台分しかない。

耕史が出てきた。

「何しに来た」

その問いには答えず、耕史の脇をすり抜けるようにして門から中に入った。

玄関の横には傘立てがあり、そこに竹刀袋が突っ込んである。

「懐かしい。官舎住まいのときもこうしてたよね。わたしが署長で、あんたがその下にいたとき」

わざと「下」の部分で語気を強めてやると、耕史が少しむっとした。振り返らなくても気配で分かる。

史香は、竹刀袋から一本を取り出した。

その場で何度か素振りをしたあと、竹刀袋にあったもう一本を耕史の方へ放り投げてやる。

耕史がそれを受け取るか受け取らないかのうちに、上段の構えから踏み込み、面を繰り出した。

わざと力を抜いたその打突を、耕史に剣先で払わせたあと、踏み込んだときの勢いを殺すことなく彼の横を通り過ぎる。だがすぐに足を止めて振り返り、再び中段の構えをとった。

「ほら、これが残心。忘れないでね」

「古い話はいい。――薫は元気なのか?」

「ええ。逢いたがっていたよ。恩人にね」

六年前、中根仁志の事件で、検察は当初、薫を殺人罪で起訴しようとした。それが結局傷害致死罪での立件となった裏側には、耕史の働きがあった。

薫は、地域課の警官として巡回している途中で、中根の家庭を知り、子供が虐待されていることを知った。同じ境遇を経験してきた身として、その子を常に気に掛けるようになった。「何かあったら連絡して」と個人の携帯番号を教えていた。その「何か」が起きた。駆けつけて、つい争いになり、中根を死なせてしまった。――それが事件の経緯だった。

当時、所轄署の副署長だった耕史は、自ら現場に出向き、足跡を徹底的に調べた。そして、薫がゴルフクラブで中根の首を刺してしまったあと、剣道でいう残心の構えをとったことを突き止めた。

　中根を刺したのは殺意によるものではなかった。あのとき薫は武道の心得を持っていた。つまり薫の行為は自分の身を守ろうとしての結果だった。そう検察に対して証明してみせたのだ。

「ところで、そっちは、いま、暇なんでしょ」

「ああ。やることはだいたい終わったからな」

「じゃあ、しばらくわたしに手を貸してくれない？」

3

　皿が右に動いた。

　あやうく調理台の縁(へり)から落ちそうになる。すんでのところで取り押さえ、元の位置に戻したとき、史香は噎(む)せて咳(せ)き込んだ。

　ベーキングパウダーのせいだ。ココアの粉末を混ぜたら、ぶわっと舞い上がってしまったのだ。

　菓子作りなど何年ぶりだろうか。若い頃はよくやったものだが。

　昔の感覚を取り戻そうとしているうちに、今度はコップが左に移動し始めた。

これも落下寸前で捕まえたあと、パウダーがついたままの白い指先で、ポケットから携帯電話をつまみ出した。
「ちゃんと仕事をしてる？」
《まあな》
耕史の返事はぶっきらぼうだった。腕組みをしてむすっと突っ立っている姿が容易に想像された。
《耳栓を持っていないか？　気が変になりそうだ》
受話口からは、遊戯室で遊ぶ子供たちの声も聞こえてきた。電話で漏れ聞いてこの大きさだから、現場にいたらたしかに騒音レベルだろう。聴覚をいっさいシャットダウンしてしまいたくなる気持ちも分かる。
「そっちにはあんた一人だけ？」
《いや、職員がもう一人いる》
「じゃあ、こっちに来てくれない？　料理は得意でしょ。交代して。そっちの仕事よりはマシだよ。たぶんね」
《おまえも苦労しているみたいだな》
「ええ。ポルターガイスト現象に苦しめられている」
《分かった。待ってろ》

矢部の糾弾を受けたあと、薫はしばらく休むことになった。代わって、成り行きから、自分がこの施設でボランティアをすることになってしまった。それはいいのだが、耕史にまで助けの手を求めてしまったことについては、少しだけ気の毒に思っている。

遊戯室での付き添いを任されていた耕史が厨房に顔を出したとき、今度はガスコンロの火が点いた。

「分かった。遊んであげるから、あとちょっとだけ大人しくしててねっ」

さっきから手当たり次第に台所用品をいじりまわしているあかねに向かって、語尾を強めて言うと、ようやく悪戯の手が止まった。

「何を作ればいいんだ」

耕史は白髪が交じった頭に素早く布巾を巻いた。様になっている——そう感じられるのは、彼が独身を貫きずっと自炊をしてきたのを知っているからだろうか。

「ココアビスケットだよ。途中まではやっといたから。あと混ぜるものはね……」

「無塩バター、砂糖、牛乳、薄力粉。——任せろ。おまえよりは上手い」

「安心した。ついでにわたしの夕飯も作ってもらえる？」

「無駄口はいいから、早く行ってこい」

史香はあかねの手を取り厨房を出た。

職員たちが小走りに廊下を行き交っている。明日は、市がサービスで行なっている健康診断があり、近くの病院から小児科医がやって来る。その準備でみな忙しいのだ。

「何して遊ぶ？」

「三輪車」

薫の代わりにここへ来るようになってから、今日で十日目だ。あかねには、初対面のときこそ敬遠されたが、いまではすっかり気に入られてしまったようだった。

「あかねちゃんの一番好きなおやつは？」

あかねは大きな目をぐるっと回した。「ココアビスケット」

「よかったね。それ、今日のメニューだよ」

中庭に出て三輪車を準備してやると、ぎこちなくサドルに跨りながらあかねが訊いてきた。「かおるおばちゃんは？」

「心配しなくていいよ」

昨晩、薫がこちらのパソコンに写真つきのメールを送ってきた。自分の部屋で撮ったもののようだった。

メールの文面にあった「元気にしています」の文字が、嘘でないことは、写真の表情からよく分かる。以前の薫なら落ち込んでいたであろう状況だ。服役という体験には、人間を心の部分から変える力があるのかもしれない。

「ほら、ここにいる」

薫の写真は、パソコンから携帯に転送しておいた。それを見せてやると、あかねも安心したのだろう、勢いよくペダルを漕ぎ始めた。

史香は追いつき、小さな背中を後ろから押してやった。すると、あかねはいきなりバランスを崩し、地面に倒れてしまった。

慌てて抱き起こした。「痛くしなかった？」

あかねは黙って頷いた。

もう夏だ。気温が高くなってきたので、女の子はみんなスカートを穿いている。だが、あかねだけはズボン姿だった。それが幸いした。膝を打ったようだが、あかねはけろりとしている。問題はないだろう。

あかねが三輪車はもういいというので厨房に戻ったところ、耕史はもうココアビスケットを焼き上げていた。

子供たちに出す前に一つ口の中に入れてみて、彼に任せたのは正解だったと確信した。

十五人の子供たちが厨房に集まり、おやつの時間が始まっても、あかねの食は進まなかった。いつもは誰よりも早食いをしてしまう彼女だが、いまはフォークで必要以上に細かく砕き、わずかの量だけを、のろのろと口に運んでいる。

その様子を前に、耕史は仏頂面だ。

「そりゃあ作った方にしてみれば気に入らないでしょう。だけど、ゆっくり少しずつ食べるのは、消化という点を考えれば良いことだから」

仕事に追われているうち、日没の時間となった。

今日も午後七時を過ぎてから、矢部があかねを迎えに来た。その頃には、あかねはもう眠っていた。

起こさないよう、史香は彼女をおんぶして玄関口まで連れて行った。後ろから耕史もついてくる。

玄関口であかねを起こし、体を支えながら立たせてやった。

「やれやれですよ。まったく世話のやける子だ。すみませんがみなさん、わたしの代わりに、どなたか彼女の親になっていただけませんかね」

矢部は冗談めかして言ったあと、

「あれ、どうしたんだろ」

眉間（みけん）に縦皺（たてじわ）を作り、あかねの顔を覗き込んだ。

「……どうも顔色が悪いな」

そうだろうか。別にそうは見えないが。

「いままで眠っていました。起きたばかりで調子が悪いのかもしれません」

こちらの説明を無視して、矢部は、まだ半分眠っているあかねのズボンに手をかけた。裾を捲りあげる。脛（すね）のあたりに青黒い痣（あざ）があった。内出血をしているようだ。

振り返った矢部の形相は一変していた。

「こんな痣、今朝はなかった。昼間に何かあったんじゃないんですか」

「別に何も」そう答えてすぐに思い出した。「――ただ、三輪車で転びました」

「転んだって、そんなにあっさり言わないでほしいな」

「でも、たいした怪我ではありま――」

「あんた、転んだとき、ちゃんと見たのか。調べたのか」

「いいえ、そこまでは」

史香は耕史の方を見た。耕史は無表情のまま矢部を観察している。

「まあいい。今日のところは穏便に済ませてやりますがね、またこんなことがあったら出るところへ出てもらいますよ」

その声の大きさに目を覚ましたようだ、あかねが目蓋をこすり始めた。

4

縦に並んだ円や三角形を一本の線が貫いている。あかねが描いたその絵について、そばで見ている耕史の感想は「美味そうだな」だった。案の定、おでんだと思い込んでいるらしい。だが、あかねにとっては、これは飛行機なのだ。そう教えてやったら、耕史はどんな反応を示すだろうか。

飽きてしまったのか、それとも耕史のコメントが気に入らなかったのか、そのうちあかねは床にクレヨンを放り投げてしまった。

「駄目だろ」

耕史は転がったクレヨンを指差し、拾って片付けなさいと命じた。だが、あかねはそっぽを向いている。

「聞こえなかったのか？」

声を尖らせ立ち上がろうとした耕史の肩に、史香は背後からそっと手を置いた。

「そんな叱り方は効果なし。子供はむくれるだけだよ」

「だったらどうすればいい」

「教えてほしいの？ それならこっちの頼みを聞いてもらわないとね。もう遅い時間だけれど、これから手伝ってほしいの」

「何をだ」

「整理整頓作業」

「分かった」

「ただし、この施設だけじゃなく、わたしの家も」

薫ちゃんも手伝いに来る予定だよ。そう教えてやっても耕史は表情を変えなかったが、一瞬視線がどこかへ逸れたから、何らかの感慨を抱いたことは確かだった。

「オーケー？」

「……ああ」

「じゃあ答えを教えてあげる」

史香は耕史にクレヨンを一本渡した。

「あかねちゃんの役をやって」

耕史がクレヨンを床に放り投げた。

「そしたらね、こうするの」

史香は眉間に力を入れ怒りの表情を作ってから、同じようにクレヨンを投げ捨ててみせた。

「分かる？　鏡になってやるわけ。子供に、自分がどんなことをしたのか見せてやればいいのよ」

「……おまえ、道を間違えたな」

警察官になるより保母になればよかった、と言いたいらしい。

そのとき玄関の方から、こんばんはと矢部の声がした。今日も午後八時を過ぎている。

いつの間にか眠り込んでいたあかねをそっと抱き、耕史と一緒に玄関へ向かった。

矢部は寝ぼけ顔のあかねを無理やり起こし、強引に手を引っ張り帰ろうとする。その背

中を、

「矢部さん」

耕史の言葉が引き止めた。

「何です?」

「せめて、あかねちゃんに食事を与えてください」

「妙なことをおっしゃいますね」

鼻で笑った矢部を、耕史の目が静かに見据える。矢部の足が半歩後ろに下がった。

「そりゃあ、いまは女房が入院中ですからね。しかたなく、ほとんど毎日コンビニの弁当だ。だが、ちゃんと与えていることに変わりはない」

「たしかにそうでしょう。でも時間はどうですか。二、三分したら、あなたはその弁当を無理やり片付けてしまうのでは?」

矢部が目を逸らした。

「食べ物だけでなく、時間もちゃんと与えてあげなければ、本当に食事をさせたことにはならないと思います。早食いの癖が完全についてしまったら、将来の健康に影響します」

「いつまでものんびり食べさせているわけにはいかないんだよ。早く寝てもらわなきゃ、こっちの仕事に差し支えるんだから」

「だったらせめて、暴力はやめてもらえませんか」

また矢部の顔が変わった。「あんた、何を証拠に、そんな……」

「先日もちょっと疑問に思いました。暖かくなってきて、女の子はみんなスカートを穿くようになったのに、あかねちゃんだけは毎日ズボンで通している。それはなぜなんでしょう」

「好きなんだよ、この格好が」

「そうかもしれません。あるいは、そう強いられているのかも」

矢部の目が細かく泳いだ。

注意していたはずなのに、どうしてあかねを転ばせてしまったのか？　簡単なことだ。明日健康診断がある。その際に虐待が発覚してしまうのではないかと矢部は恐れた。そこで暴力による痣を、怪我のせいにしようと目論（もくろ）んだ。

三輪車を押してもらって、わざと転べ。矢部があかねにそう命じたであろうことなど、やはり耕史も簡単に見抜いていたようだ。

「わたしは元警察官です。自作自演で何かをごまかそうとする人を、他にも見てきました。ですが自分の子供にやらせたのは、記憶にあるかぎり、矢部さん、あなただけだ」

「やめてもらえませんか。勝手な想像は」

矢部が踵（きびす）を返しドアに手をかけた。

立ち去ろうとするその背中に向かって耕史は言った。「わたしがなりましょう」

矢部がきょとんとした顔で振り返った。「なる？　何にだ？」

「親ですよ。矢部さん、あなたは先日言いました。誰か代わりに、あかねちゃんの親になってくれないかって。その返事です。わたしがなりましょう」

矢部の顔が、叩けば音がしそうなほど強張った。

「あかねちゃんは未成年ですから、養子縁組をするには家庭裁判所の許可が必要です。だけど問題はないでしょう。なにしろわたしは元警視正ですから。独身ではありますが、その点も大目に見てもらえるでしょうね」

「あんた、正気か」

耕史は頷いた。「けれど、何よりも優先するのは、あかねちゃんの気持ちです。だから彼女に訊きましょう。あなたとわたし、どっちを父親にしたいのかを」

矢部は額に浮いた汗にハンカチを当てた。鼻息が荒くなっている。

「いいだろう。面白そうじゃないか」

「いまのを聞いていたね」耕史はあかねの前にしゃがみこんだ。「どっちを選ぶ？」

エピローグ

柱の前に立たせられた。

クローゼットの中から取り出した青いワンピースの肩を両手で持ち、こちらの体にあてがってくる。

「薫ちゃん、身長はいくつだっけ」

百六十五センチのはずだった。服役する前に計測があった。その際、二センチ縮んだ数値を告げられたのは、服役を前にした内面の萎縮が、肉体にも表れてしまったせいかもしれなかった。

結局、中間をとり百六十四センチですと告げた。

「もう一つあるの。これは」

史香は、また同じく群青色の服を優しく押し付けてくる。

——長く警察の制服を着ていたせいかな、この色しか似合わなくなっちゃってね。

そんな言葉を、かつて彼女の口から聞いたことを思い出した。

「ちょっと合わないかな……」

サイズはぴったりだが、模様の点では問題があった。派手な柄は苦手だ。プリント柄よりも、単純なストライプかチェックの方が似合っていると自分では睨んでいる。

「どう思う、これ？」

史香は、こちらの体にワンピースを当てたまま、首だけをダイニングの方にひねり耕史に声をかけた。

「男性の目から見てさ」

「やめとけ、薫。少しでもモテたかったらな」

一瞥して答えると、耕史はすぐに、テーブルに広げた週刊誌へと目を戻した。

「そのとおりかもね。これは要らないかな」

「いいえ。喜んで頂戴します」

「そう？　だったら、こっちもありがたいんだけど」

薫は受け取ったワンピースを丁寧に畳んで足元の紙袋に入れた。

「こんなにいただいて、本当にいいんですか」

紙袋にはすでにブラウスやスカートなど十着ほどの衣類が入っている。

「どうぞ。なんなら、全部引き取ってくれると助かるんだけど」

ダイニングの方で椅子の脚が床をこする音がした。見ると、耕史が立ち上がったところだった。

冷蔵庫の中身まですっかり片付けた。

「そろそろ帰るぞ」

はいと返事をし、薫は紙袋を、まるでそれが生まれたばかりの赤ん坊でもあるかのように、両手で胸の前にかき抱いた。

「教官、行きましょう」

耕史の腕に自分の腕を絡めようとした。耕史は嫌そうな顔をしながらも、薫にエスコートされるようにして玄関口へと向かう。

「では部長、これで失礼し――」

途中で言葉を飲み込んだ。玄関口に出てきた史香は、自分も靴を履いている。

「これからお出かけですか」

「ええ」

人気のない夜道を、三人で三角形を作るようにして歩いた。

刑務所の講堂に設置してあった古い柱時計が思い出される。静かに時を刻む音が聞こえるようだった。耕史。史香。斜め前を歩く二人の背中は共に歳相応の丸みを帯びている。

「もしもさっき、あかねちゃんに選ばれたら、どうするつもりだったんですか」

手をつないで帰って行った父と娘の後ろ姿を思い浮かべながら訊いてみた。

「さあな。考えてなかった。それはありえないって信じていたからな」

「なぜ信じられたんです？」

「早食いのあかねが、おれの作ったビスケットをろくに食べなかった」

「そうですね」

なぜだろう……。

「電話だ。ココアビスケットを出したのは、火曜日の午後三時だった」

待っていた、ということか。

火曜日の午後三時。それは、父親の矢部(やべ)から電話がある日時だった。今日もまたかかってくるかもしれない。そんな期待を胸に、あかねは父親からの電話を待っていたのではないのか。

だから早食いをしなかった。口の中をなるべく空にしておいた。今度こそ、父親とすぐに話せるように。切れてしまう前に、少しでも多くの言葉を交わせるように。

「あれでもう矢部さんは、あかねちゃんを叩(たた)いたりはしませんよね」

——どっちを選ぶ？

耕史が問いかけたあと、あかねに抱きつかれた矢部の、心底ほっとしたような表情を思い返した。

「そう願うだけだ」

「じゃあ、わたしはここで」

史香が足を止めたのは、沢津橋中央署の前だった。

——部長、古巣に何の御用なんですか。

問い掛けようと思ったときには、史香の背中はもう遠くに行き過ぎていた。

台詞までは聞き取れないが、見たところ、立ち番の若い警察官は、軽い調子で挨拶の言葉をかけている。入ってきた女性が県警の元部長だとは気づいていない様子だ。

「教官、行きましょうか」

「待ってくれ」

耕史は動かなかった。じっと沢津橋中央署の建物を見上げている。

薫は一歩退いた。耕史の横顔には刃物を呑んだような厳しさがある。

「昔、広福屋というデパートがあったな。覚えているか」

「はい」

「史香はそこで張り込みをしたことがある。ちょうど、薫、きみの義父さんが亡くなった時期だ」

「……」

「探していたのは、どてらを着た痩せた男だった。何者だと思う」

「もしかして、関係者ですか。義父殺しの」

「いや、早い話が無関係者だ」

妙な言い方をした耕史の口元に、弛緩したところはなかった。別にふざけたわけではなさそうだ。笑い声を返そうとしたが、直前で薫は口を閉じた。

「あの殺人事件があったとき、マスコミが来て現場に人ごみができた。それに興味を持って見物に来ただけの人物だよ」

「では、どうして部長がその人を探さなければならなかったんです?」

「放火なんかの場合、犯人は往々にして野次馬の中にいるものだろう」

「そうですね」

「殺人事件でも、そういうケースは珍しくない。つまり史香は、誰でもいいから『そいつが犯人だ』と思いたかったんだろう。黒いどてらなら返り血が目立たない。その程度の理由でもかまわないから、とにかく犯人だと思いこめる誰かを欲していたわけだ」

このとき、署の一角に、ちょっとした変化があった。耕史が再び歩き出したのは、それを見届けてからだった。

『キッズルームみらい』に到着するまでの間、耕史は一言も口をきかなかった。こちらも喋らなかった。

散らかった絵本や玩具の片づけを一通り終えたあと、まだ仕事が残っていることを思い出した。子供たちが貼った紙の札が柱に貼られたままになっている。

『空き巣さま専用入口』

『空き巣さま、いらっしゃいませ』

『空き巣の方は奥へお進みください』

『空き巣さま用喫茶室』

『空き巣さま用寝室』

剝がした札はすぐには捨てなかった。ゴミ箱に入れる前に、床に並べてみた。

近くに耕史の気配があった。

「なぜ分かったんですか」

顔を上げることなくそう訊いた。なぜ分かったんですか。口にしたのはその一言だけだ。だが耕史には質問の意味が理解できるはずだった。

「携帯だ」

それが耕史の答えだった。

「彼女の携帯を借りてかけたことが一度ある。そのとき、一一九番の履歴があった」

「それが十二月七日、午後九時半だったんですか」

義父が殺された日時は、忘れようとしても頭にこびり付いたまま離れない。

「そうだ。史香は、おまえの母さんより先に通報しようとした。だが、消防では通報者の声を録音している。その点に気づき、慌てて切った」

子供たちが床に散らかしたままにしていた警察の階級を書いた紙の束。それを手にした。

『じゅんさ』

『じゅんさぶちょう』

『けいぶほ』

『けいぶ』

『けいし』

『けいしせい』

それぞれを、先に並べた泥棒用の札に一枚ずつ重ねていった。

この行為の意味も、耕史になら分かるはずだ。

例えば、表の顔が警察官で裏の顔が泥棒。そんな人間には、こんなふうにわざと階級を上げてやる。すると、いずれ居心地が悪くなり、警察官を辞めてしまう。あるいは自首しようという気になる。そんな現象が起こってもおかしくない。

同じことは、泥棒に限らず、ほかの犯罪の場合にも当てはまるかもしれない。例えば殺人でも――。

耕史の決断は理解できるような気がした。

警察官として、どうしても犯罪をうやむやにはできない。だが愛する者として、自分で犯人に手錠をかけることもできない。両立させるには、自首してもらうしかなかった。

耕史の表情を窺った。耕史は顔を変えなかった。

薫は目を閉じた。

先ほど目にした小さな光景が思い出される。

沢津橋中央署、三階刑事課。北西の角部屋に灯った明かりが、目蓋の裏側でほのかに揺らめいた。

本作品は、二〇一四年九月に小社より単行本として刊行されたものです。

群青のタンデム

著者　長岡弘樹

2016年7月18日第一刷発行

発行者　角川春樹

発行所　株式会社角川春樹事務所
〒102-0074 東京都千代田区九段南2-1-30 イタリア文化会館

電話　03(3263)5247(編集)
03(3263)5881(営業)

印刷・製本　中央精版印刷株式会社

フォーマット・デザイン　芦澤泰偉
表紙イラストレーション　門坂 流

ISBN978-4-7584-4019-6 C0193 ©2016 Hiroki Nagaoka Printed in Japan
http://www.kadokawaharuki.co.jp/[営業]
fanmail@kadokawaharuki.co.jp[編集]　ご意見・ご感想をお寄せください。

二重標的(ダブルターゲット) 東京ベイエリア分署

今野 敏

若者ばかりが集まるライブハウスで、30代のホステスが殺された。
東京湾臨海署の安積警部補は、事件を追ううちに同時刻に発生した
別の事件との接点を発見する——。ベイエリア分署シリーズ。

硝子(ガラス)の殺人者 東京ベイエリア分署

今野 敏

東京湾岸で発見されたTV脚本家の絞殺死体。
だが、逮捕された暴力団員は黙秘を続けていた——。
安積警部補が、華やかなTV業界に渦巻く麻薬犯罪に挑む!(解説・関口苑生)

虚構の殺人者 東京ベイエリア分署

今野 敏

テレビ局プロデューサーの落下死体が発見された。
安積警部補たちは容疑者をあぶり出すが、
その人物には鉄壁のアリバイがあった……。(解説・関口苑生)

神南署安積班

今野 敏

神南署で信じられない噂が流れた。速水警部補が、
援助交際をしているというのだ。警察官としての生き様を描く8篇を収録。
大好評安積警部補シリーズ。

警視庁神南署

今野 敏

渋谷で銀行員が少年たちに金を奪われる事件が起きた。
そして今度は複数の少年が何者かに襲われた。
巧妙に仕組まれた罠に、神南署の刑事たちが立ち向かう!(解説・関口苑生)

ハルキ文庫

笑う警官

佐々木 譲

札幌市内のアパートで女性の変死死体が発見された。
容疑をかけられた津久井巡査部長に下されたのは射殺命令──。
警察小説の金字塔、『うたう警官』の待望の文庫化。(解説・西上心太)

警察庁から来た男

佐々木 譲

北海道警察本部に警察庁から特別監察が入った。やってきた
藤川警視正は、津久井刑事に監察の協力を要請する。一方、佐伯刑事は、
転落事故として処理されていた事件を追いかけるのだが……。(解説・細谷正充)

警官の紋章

佐々木 譲

北海道警察は洞爺湖サミットのための特別警備結団式を一週間後に控えて
いた。その最中、勤務中の制服警官が銃を持ったまま失踪。津久井刑事は
その警官の追跡任務を命じられる。シリーズ第三弾。(解説・細谷正充)

巡査の休日

佐々木 譲

よさこいソーラン祭りで賑わう札幌で、以前小島巡査が助けた村瀬香里の
元に一通の脅迫メールが届く。送り主は一年前に香里へのストーカー行為で
逮捕されたはずの鎌田だった……。シリーズ第四弾。(解説・西上心太)

密売人

佐々木 譲

警察協力者（エス）連続殺人事件。次の報復の矢は何処へ向かうのか──。
狙われた自分の協力者を守るため、佐伯警部補の裏捜査が始まる。
シリーズ第五弾。(解説・青木千恵)

Haruki
Bunko